Joachim Ziegler

Zwei Wandersgesellen Ein Wintermärchen

Vorbemerkung:
Der vorliegende Text ist mein geistiges Eigentum. Der Grund für die hier vorliegende Zweite Ausgabe sind notwendige Korrekturen und Ergänzungen. Für gewerbliche Zwecke ist jedes Kopieren in Auszügen, als GesamtText, sowie zur Vervielfältigung auch in jeglicher anderer Form nur mit meinem vorherigen schriftlichen Einverständnis erlaubt. Die Handlung sowie die Personen im vorliegenden Text sind von mir erfunden, jegliche Ähnlichkeit mit realen Personen ist nicht beabsichtigt und wäre rein zufällig.
Joachim Ziegler, 9.Dezember 2013.

Bibliografische Information der Deutschen Bibliothek:
Die Deutsche Bibliothek verzeichnet diese Publikation in der Deutschen Nationalbibliografie; detaillierte Informationen sind im Internet über
<http://dnb.d-nb.de> abrufbar.

©2014 2.Auflage Joachim Ziegler
©2008 Joachim Ziegler
Herstellung und Verlag: BoD - Books on Demand, Norderstedt
ISBN: 9783732296323

Zwei Wandersgesellen Ein Wintermärchen

Personen:
Maxe:
Alter: 43. Charakter: desillusioniert, Mischung aus RheinMainHessisch, Gerrlitzer und WessiHochdeutschem Dialekt, Haare Glatze, 3TageBart bis Ungepflegt
Christian:
Alter: 47, Charakter: In der Ruhe liegt die Kraft, desillusioniert, Dreadlocks 1 Meter, Gerrlitzer Dialekt, Bart stets glattrasiert
Hannel:
Alter: 51, Charakter: kräftig, desillusioniert, Näherin, Meisterin 1970 bis 1997 , Ausbildung Kauffrau Französisch, Englisch 1997 bis 1999, Mischung aus Osterzgebersch, Gerrlitzer und Hochdeutschen Dialekt, langes Haar dicht und schwarz, sehr gepflegt und elegant
Hagar:
Alter: 27, Charakter: Ausbildung als Näherin, GerrlitzerHochdeutsch, langes Haar, gewiß jedoch mal offen hinter Stirnband, als Pferdeschwanz oder auch in dünnen Zöpfen, sehr gepflegt und frisch und immer ein freundliches Lächeln im Gesicht
Papst:
Alter: Methusalem, Charakter: Bayer, WessiHochdeutsch, vollkommen entbavarisiert, Haare Perücke

Literaturangabe:Seite 234 in Phaedrus, der Wolf und das Lamm, Reclam, Leipzig/DDR 1989   Krylow
Der Wolf und das Lamm:
Der Starke gibt dem Schwachen stets die Schuld. Es meldet davon die Geschichte Vielfältige Berichte, Doch schreiben wir Geschichte nicht. Drum höret an mit Huld, Wie in der Fabel man darüber spricht. Ein Lämmlein kam an einem heißen Tag An einen Bach, Um seinen Durst zu löschen – aber ach! Es traf sich schlimm, Daß in der Näh sich hungrig umtrieb Isegrimm. Er sieht das Lamm, rasch los drauf geht er. Doch da auch arge Übeltäter Noch immer einen Anstrich lieben von Fug und Recht, So schreit er:"Wie, du Schuft hast dich erfrecht, Mit ungewaschner Schnauze mir zu trüben Den reinen Wassserstand Durch Schlamm und Sand? Für diese Frechheit sollst Du mit dem Kopf mir büßen!" - „Erlauchter Wolf, wenn du Gehör mir zollst, So wag ich anzuführen, Daß ich ja abwärts hier, zu deinen Füßen, Wohl

hundert Schritt weit trinke, Ich konnte also nicht den Schlamm aufrühren." - „So wär ein Lügner ich nach diesem Winke? Ist solche Unverschämtheit wohl erhört? Dafür allein wirst du mit Recht verzehrt. Noch fällt mir ein indessen, Daß, als vorletzten Sommer her du kamst, Du gegen mich dich grob benahmst, Ich hab es nicht vergessen." - „Ach Gott, ich bin ja noch kein Jahr am Leben", Seufzt hier das Lamm. - „So war's dein Bruder, Wicht!" - „Ich habe keine Brüder nicht", Versetzt das Lamm mit Beben, - „So war's ein Ohm, ein Vetter, Kurz, irgend jemand deines Blutes. Ihr, eure Hirten, eure Hunde, Wetter! Ihr alle wünschet mir nichts Gutes. Ihr schadet mir, wo ihr nur könnt, Jetzt will für alle Unbill ich mich rächen An dir, da mir's vergönnt." -"Was ist denn aber mein Verbrechen?" - „Schweig, ich will nichts mehr hören. Meinst du, ich hätte weiter nichts zu tun, Als herzuzählen deine Sünden? Wir lassen das auf sich beruhn, Da schon genügt, daß ich dich will verzehren." Drauf packt der Wolf das Lamm und beid im Wald verschwinden.

24.September Sonntag Apostolischer Palast in Castelgandolfo:
Papst auf Sommerterrasse beim Frühstück, ruft dem Butler Gerson, der etwas bringt und freudig herbeigeeilt kommt, zu:"Eine konkrete Art der Liebe gegen Ehrgeiz und gegen Eifersucht."
Gerson ganz sachlich fügt an:"Sie möchten auf Spanisch die Militärakademien von Chile begrüßen. Eine Hitze ist das wieder mal."
Papst:"Ach."
1.Oktober Angelus Apostolischer Palast in Castelgandolfo:
Papst auf Sommerterrasse beim Frühstück mit Butler Gerson in Bücklinghaltung.
Gerson:" Für den 7.Oktober möchten Sie den RosenkranzMariaTag ankündigen."
Papst:"JohannesPaul II war ein großer Verehrer des Rosenkranzes. Rosenkranz ist kontemplativ, christozentrisch und gekoppelt an Meditation über die Heilige Schrift, wobei uns Maria anleitet."
Gerson:" Therese vom Kinde Jesu, Therese von Lisieux, die Karmelitin, ist Kirchenlehrerin und Patronin der Missionen. Sie möchten sie am heutigen Tage preisen."
Papst:"Gemeinsam mit dem Patron der Missionen Franz Xaver ist sie zu sehen", nimmt von dem Italienischen Gebäck, sein Blick geht über die Landschaft," Seine Seligkeit Emmanuel III.Delly, Patriarch von Babylon der Chaldäer, bin ich begegnet. Seit 14 Jahrhunderten leben

Christen und Moslems im Irak in derselben Heimat zusammen, ich habe die Hoffnung, daß die Bande der Brüderlichkeit bewahrt wird."
Gerson:"Die Bande der Koalition der Willigen bewahrt sich schon lange."
Papst:"Vorlaut steht Ihnen nicht gut. Demut, Gerson, üben Sie sich in Demut", wieder den Blick über die Landschaft schweifen lassend,"Irak: das gemarterte Land. Dieser heutige Sonntag ist der letzte in meinem Sommeraufenthalt in Castelgandolfo, nächsten Sonntag sind wir in Rom."
8.Oktober Sonntag Angelus Petersplatz PapstBüro früher Morgen:
Papst auf seinem Arbeitsstuhl sitzend, die Hände seinen Arbeitstisch abtastend:"Schön, wieder zuhause zu sein."
Marianna, die Putze, mit Wischeimer und Mob, schweißtriefende Stirn, sich den Schweiß mit dem Ärmel abwischend:"Ich wär dann so weit."
Papst:"Vielen Dank Marianna. Wie geht's Ihnen?"
Marianna fröhlich:"Arbeit fertig. Schön wenn der Schmerz nachläßt. Ich hab jetzt Feierabend."
Beide lachen.
Papst:" Wie geht's der Familie? Hat Ihre Tochter schon den Führerschein gemacht?"
Marianna stolz:"Ja, das hat sie. Und sie hat sogar bestanden."
Papst:"Fleißig fleißig. Sie geht nach Ihnen, Marianna, glaube ich."
Marianna sieht Butler Gerson die Nase rümpfen.
Marianna:"Ich geh dann mal."
Papst:"Ihnen und Ihrer Familie das Beste wünsche ich Ihnen. Gehen Sie mit Gott!"
Marianna verbeugt sich und wendet sich zur Tür, Butler Gerson zu ihr grimmig nuschelnd:"Aber gehen Sie!"
Papst, der den Butler nicht gehört hat, sagt laut vor sich hin:"Für Familien ist Hedonismus und Relativismus als schädliches Leitbild der modernen kulturellen Strömungen anzuprangern."
Gerson hüstelt, kommt näher:"Die Emanzipation der Frauen ist der Kirche hinderlich."
Papst stutzt, wendet sich neugierig zu Gerson um
Gerson verbessert sich:" wirkt der Kirche entgegen."
Papst beruhigt:"Schon besser: Formulieren Sie immer so, daß es möglichst nebulös und unklar ist. Dann können Sie im Nachhinein noch alles mögliche hineininterpretieren. Aber mal ehrlich.."

Gerson sich mißverstanden fühlend:"Ich habe mich bemüht, klare Worte zu finden,.."
Papst energisch, keinen Widerspruch duldend:"Die Emanzipation der Frauen wirkt im Grunde gemeinsam mit unserem Kirchlichen Auftrag, Wir ziehen am gleichen Strang." Gerson gehorsam verstummend.
Papst:"Ehe bedeutet: ohne Unterlaß beten und sich stets bemühen, den Verpflichtungen, die man mit der Heirat eingegangen ist, treu zu bleiben."
Gerson mit einem Bündel Papieren in der Hand, gelegentlich davon ablesend:"Diözese Rom stellt für Jugendliche an Plätzen ihrer Freizeit, sowie an öffentlichen Straßen, Plätzen, Krankenhäusern und Schulen die Verkündigung des Evangeliums dar .."
Papst:" Was sehr lobenswert ist." Er nickt Gerson zu, der in seiner Liste fortfährt, Papst nickt gelegentlich.
Gerson:" Die Mitglieder der Pfarrgemeinde der Basilika in Granada grüßen."
Papst:" Johannes Paul II sagt:"Mit dem Rosenkranz geht das christliche Volk in die Schule Mariens, um sich in die Betrachtung der Schönheit des Antlitzes Christi und in die Erfahrung der Tiefe seiner Liebe einführen zu lassen."(Rosarium Virginis Mariae, 1) Die Quelle reicher Gnaden im Rosenkranzgebet möge allen Gläubigen teilhaftig werden.."
15.Oktober PapstBüro Früher Morgen:
Gerson:"Heute ist die Heiligsprechung von 4 Seligen."
Papst:"Meine Predigt im Petersdom wird von der Heiligen Schrift handeln: Der reiche Jüngling findet den Jesus großartig, aber er kommt nicht zu Jesus, weil er seine Irdischen Reichtümer nicht für Jesus aufgeben will. Diese 4 Heiligen sind aber den anspruchsvollen Weg des Evangeliums gegangen. Die Reichen kommen weniger wahrscheinlich in den Himmel als ein Kamel durch ein Nadelöhr."
Gerson:"Müssen Sie immer so drastisch sein?"
Papst:"Haben Sie bei Ihrer Ausbildung nicht aufgepaßt? Was gibt's zu kritisieren? Paßt Ihnen was nicht? Der Heilige Rafael Guizar y Valencia Bischof von Veracruz sagte immer: das Priesterseminar sein Augenstern, und das Priesterseminar sei wichtiger als alle WürdenSymbole seiner Bischöflichen Macht, denn auf die Kleidung und Hut konnte er verzichten, aber auf die Zukunft nämlich das Priesterseminar nicht."

Gerson stirnrunzelnd zur Decke guckend.
Papst:"Johannes sagt: die Gesetze kommen von Mose, Gnade und Wahrheit aber erst durch Jesus Christus. Vor Taubstummen solle man sich wie vor dem Allerheilgsten Sakrament niederknien, sagte Rafael Guizar immer." Gersons stirngerunzeltes Gesicht erfährt ein leichtes hoffnungsvolles Lächeln.
Papst:"Die Heilige Rosa Venerini ist eine treue Jüngerin: Sie hat für die echte Emanzipation der Frau durch die Bildung gekämpft, indem sie den Frauen ganzheitliche Bildungsmöglichkeiten verschaffte. Der Heiligen Mutter Theodore Guerin sollte ich die Begrüßung sowohl der Pilger aus dem englischen Sprachraum als auch französischen Sprachraum widmen."
Gerson in Widerspruch aufbegehrend:"Indiana Louisiana, das war früher mal eins."
Papst weiter:"Nicht mehr 1839, als sie nach Indiana kam, aber das ist egal."
Gerson:"Meinen Sie, konkrete Kritik an den USA ist nicht angebracht?"
Papst:"Die Erbsünde haftet allen Mächtigen dieser Welt an. Und Wir, die Kirche, sind ausersehen, dagegen zu kämpfen. Nur deswegen sind wir da. Filippo Smaldone ist ein Heimspiel", wedelnde Handbewegung wie Verscheuchen einer lästigen Fliege, Gerson ab, Papst in Gedanken.
15.Oktober Sonntag PapstBüro Früher Morgen:
Gerson:"auf dem Petersplatz für das Angelus die Mexikanischen Bischöfe bergrüßen."
Papst:"Amerikanische Bischöfe in Rom ist sehr gut."
22.Oktober Sonntag PapstBüro Früher Morgen:
Gerson:"Heute für das Angelus Petersplatz den 80.WeltmissionsSonntag begrüßen, der 1925 von Papst Pius XI eingerichtet wurde."
Papst:"Moderne Zeiten. Wie heutzutage Werte und Begriffe von den Medien vernebelt werden, als seien alle Tugenden dieser Welt in USA erfunden worden. Tse, Philantropie und Soziale Tätigkeit sind allein keine Mission."
Gerson:"Sondern es braucht die Liebe dazu."
Papst:"Franz von Assisi macht genau diese Erfahrung. Die Mission ist eine Baustelle der Familie. Für alle werktätigen Menschen, Frauen und Männer, ist die Mission Quelle eines neuen Eifers. In diesen Tagen begehen alle Muslime auf der Welt das Ende des Fastenmonats

Ramadan. Mit großer Freude will ich alle Muslime in der Welt deswegen grüßen. Schlimm ist es im Irak, wo viele unschuldige Schiiten, Suuniten und Christen Grausamkeiten zum Opfer fallen.

29.Oktober Sonntag PapstBüro Früher Morgen:

Papst:"Das Angelus auf dem Petersplatz soll geprägt sein durch die Heilige Schrift: Jesus geht durch Jericho und trifft auf den Blinden Bettler Bartimäus, Jesus macht ihn sehen, und Bartimäus wird sein Jünger und begleitet ihn nach Jerusalem."

Gerson mit einem Bündel Papieren:"Die Senatoren der Amitiés France möchten Sie auch begrüßen."

Papst:"Ich werde Ihnen von Bartimäus erzählen. Den Polnischen Pilgern auch. Und den Englischsprachigen Pilgern ebenfalls. In Gedanken zur Decke starrend, dann zu Gerson:"Pfarrgemeinden aus Brasilien begrüßen, Portugiesisch, eine Weltsprache. Die Ukrainischen Pilger mit „Pokrov", das ist ihr Name für Maria , und mit ihrem Marienfest begrüßen."

Gerson:"Den Motorradverband der Italienischen Polizei .."

Papst:"Was? Achso."

5.November Sonntag PapstBüro FrüherMorgen:

Papst:"Für das Angelus auf dem Petersplatz mit der Ansprache über unseren Liturgischen Gedenktag unseren TotenSonntag Allerseelen will ich jetzt die Tage die Wohlstandsgesellschaft geißeln, die unsere Lieben ausgrenzen will."

Gerson:"Paßt zur Allerseelennoktav. Die Evangelische Kirche macht das zu unserem Christkönigsfest, der letzte Sonntag im Christlichen Kirchenjahr ist das, der Sonntag nach Buß- und BetTag."

Papst:"Ein Christlicher Feiertag. Ich bete, daß dieser Feiertag der Menschheit erhalten bleibt. Gazastreifen: Der Eskalierung Einhalt gebieten. Zur Beendigung der Gewalt möchten wir für konkrete ernsthafte Verhandlungen und für die Einsicht der Palästinensischen und Israelischen Obrigkeiten beten."

Gerson:"Die Deutschen Pilger aus Trier grüßen."

Papst:"Die Polnischen Pilger grüßen zum gestrigen Gedenktag des Hl Karl Borromäus. Borromäus und Karel Wojtila kann man in einem Atemzug nennen."

12.November Sonntag PapstBüro FrüherMorgen:

Papst:"Für dasAngelus auf dem Petersplatz Erntedankfest preisen und damit die Anklage gegen den Skandal des Hungers formulieren."

Gerson:"Umwelt, Energieversorgung."

Papst:" Den Männern und Frauen, die in der Landwirtschaft arbeiten, Dank sagen."
Gerson:"Die Pilger aus SaltLakeCity grüßen."
Papst:"Die Polen werde ich zu ihrem gestrigen Feiertag zur Freiheit ihres Vaterlands grüßen und beglückwünschen."
Gerson sinnend:" Napoleon sagt, die Freiheit ist für die Französische Revolution nur ein Vorwand der Großbourgoisie gewesen."
Papst in Gedanken zur Decke starrend, dann zu Gerson, Papst weiter:"Die Gläubigen von Sant´Ireneo aus dem Römischen Stadtteil Centocelle, die gefirmten Jugendlichen aus Barberino di Mugello und die Kinder aus Valmontone und der Grundschule Il Pellicano aus Bologna grüßen, ihre Briefe habe ich gestern alle gelesen."

2 Wandersmänner zu Weihnachten durch Gerrlitz unterwegs, und haben mit Kirche nichts am Hut.
Es waren einmal zwei Wandersgesellen im Schlesierland, die zu Gerrlitz zur Weihnachtszeit ziellos umherwanderten und sich dabei noch gar nicht kannten. Die Stadt war zu dieser Zeit ins erste Licht der Adventszeit getaucht. Auf den Gesichtern der Bevölkerung spiegelte sich eine stumme Hoffnung. Kälte und Frost, Schnee und Eis waren in die Straßen eingezogen, Straßen , die grausam von vielen Häusern, von Verwahrlosung und dem gestrigen Bombenangriff, der niemals stattgefunden hatte, erzählen. Die Geschäfte und Schaufenster strahlten laut und zuversichtlich auf die Ankunft des Heilands mit PreisSchildern. Die Gesichter der Menschen waren kalt und leer, wie die Weihnachtszeit. Das Eis auf den Gehwegen unregelmäßig wie das Geröll einer riesigen Raufasertapete. Die Menschen schleichen vorsichtig mehr als daß sie gehen.
Christian in MilitärParka, wandert hungrig in sich versunken zielgerichtet die Bismarckstraße mal pfeifend mal schweigend. Jetzt ist sein Gesicht wieder ernst wie in Stein gehauen, dann wieder fröhlich. Als er über den Postplatz in die Berliner Straße geht, wo der neue AdventsSchmuck die leeren Geschäfte schmückt, vor denen Männer und Frauen wie verängstigte Ratten huschen,
bleibt Christian stehen, und angewidert :"Doas gibts ja gor nieh. Doas hoats beem Ärich nieh gegän!"
Maxe Zippelmütz mit Bommel, die Mütze nennt man auch PudelMütze, wandert hungrig die Dr. FriedrichsStraße jetzt das Gesicht zur Faust geballt, dann wieder fröhlich singend. Sein Blick

geht suchend von Wohnhaus zu Wohnhaus, wo Nichts von Identität zu sehen ist. Er bleibt wütend wie angewurzelt stehen und spricht laut mit sich selbst:"Ausgeraubt, Alles genommen, Die Wirtschaft, die Arbeit. Doas iss Rassismus."
Maxe geht weiter, zur Berliner Straße.
Christian und Maxe in dasgleiche Schaufenster starrend aneinander vorbeigehend sagen beide gleichzeitig:
"Konsum-Terror !"
Die beiden Männer bleiben stehen und wenden sich zueinander. Ernst gucken sie sich in die Augen.
Christian:" Die Welt hungert. Und DIE hier tun den Lieben Gott mit Flitter preisen!"
Maxe:" Ieh hoab Hunger. Ieh beiß dir glei in´ Hintern !"
Christian:"Ieh hoab Hunger. Ieh beiß dir glei ins Brötchen !"
Beide Männer lachen und gehen zusammen weiter.
Christian:"Grad hoamma 7.Oktober gehoabt, Tag der Republik."
Christian rutscht:"Äkelhaft! Doas könnt mich schon wieder ufräjn. Soll sich die Beveelkerung die Knochen brechn?!"
Maxe:"Nu, wäjn Umweltschutz soagn se. Nu, wenn d ZDU kee Geld hott?"
Christian:"Kenn die nieh amol Rollsplit uf de Gähwäge streuen! Doas is ja beem Ärich besser gewäsn!"
Maxe:"Guck amol: Schlesischer Schnupftabak", nimmt ne Prise.
Christian:"Nu gib amol her!"
Beide schnupfen und niesen.
Christian:"Ist doas Pfeffer?"
Maxe:"Schnupftabak, Tradition in Schlesien, der OberLausitz, Lauban, Gerrlitz usw."
Christian stolz:" Nü äbn! Tradition in Dresden: Vor 100 Jahren doas große TabakKontor. Zu Ehren des TabakHandels."
Maxe:"Sieht us wie ne Moschee."
Christian:"Nu nu. Wie die größte Moschee in Daitschland."
Maxe:"Schlesien und Tabak, do schnupft und roocht ma seit eh und jeh wie die Schlote."
Christian:"Nu nu. Vor Jahrhunderten schon hoamm die Daitschen Schlesischen Kinder geroocht. Tabak war nai, und Tabak war ne Luxusware, die ma lieber selber ufm Stück Acker anbaut, anstatt den teuren vazollten Tabak us der Hauptstadt Wien eenzukoofen."
Maxe:"VirginiaTabak baut ma seit Jahrhunderten im

Knoblauchsland in Franken bei Nürnberg an. Franken. Erst Napoleon hott dem Bayerischen Kurfürsten Franken geschenkt und den Mann zum König erklärt. Vor Napoleon gabs überhoopt keenen Bayrischen König."

Christian stolz:"N´König von Sachsen tut's schon lange geben. Und unsere scheene Oberlausitz erst. Bautzen. Goanz alte Stadt, SechsStädteBund Nu! Doas war früher mol Böhmisch. Die Sorben sejnn do."

Maxe:"Mundart ist Der Schlesische Dialekt "OberLausitzisch". Über 93% der OberLausitzer 600.000Bevölkerung sejnn Keene Sorben sondern Daitsche. Die Wessis hoamm sich nie für Geschichte interessiert.Wenn de wüßtest, wie niedrig die Bildung im BRDVolk ist."

Christian:"Doas Gelbe Elend von Bautzen." stolz zurücksinnend wie an die schönen Tage der Jugend," do bin ieh amol gewäsn. Noo zu Honeckers Zeiten. Zweemol,..., Nee, Dreejmol, vier Jahre so ungefähr. Orbejtschai,..., hamse gesoat."

Maxe verlegen:"Biste oo orbejtslos?"

Christian verschmitzt siegreich gickernd strotzend vor Kraft:"Hartz4? Nee ! Mir sejnn ja hier im Schlesierland !"

Maxe:"Wie wärs valleicht mit Dienstleistung, Zwanzschfohelp, so am PC?"

Christian:"Iche? Ieh bin us der Zeit vor der Industriellen Revolution. Schaufel in Hand, Computer kenn ieh nieh."

Christian mit Rosenkranz

Maxe:"Du und Rosenkranz? Biste katholisch?"

Christian:"Nee, ieh bin ar Schlesier."

Maxe:"Ieh oo. Ai!"

Beide schütteln sich fröhlich die Hände.

Christian:"Woas die Politiker mit unserm Land machen, iss eene Schande. Was die gän doas eegene Volk ushecken! Berlin Reichstag. Die Fernsehübertragungen sejnn schlimm. Wie unsere Politiker mit den Händen rimfuchteln, nur weil se nieh gescheet sprecha kenn."

Maxe:"Jesses! Nu, valleicht moacht doas wurm."

Christian:"Gloob nur nieh, doaß die frieren tun. Bei denn ihren Diäten! Und woas fir Pensionen!"

Maxe:"Und die hier in Gerrlitz sejnn de Schlimmsten."

Christian:" Du, die tun hier gor nischt vadien."

Maxe:" Meenste? Nu, doas gloobst ock nieh im Ernst, doaß die bluß us

Nächstenliebe im Stadtrat sitza!"
Christian:"Gerrlitz. Do sollten die Wessis als Erstes hinfahren und sich angucken: ScharfrichterHoos."
Beide gickern kindisch
Maxe:"Politik ist der Sport der Industriellen."
Christian stolz :"Wie der Untertan."
Maxe:"Woas?!"
Christian:"Deutscher Spielfilm."
Maxe:"Geil."
Beide grinsen.

19.November PapstBüro Früher Morgen Sonntag:
Papst:"Für das Angelus auf dem Petersplatz werde ich vor Freude „Pro Orantibus" die Darstellung Marias preisen. Den Tag der KlausurKlöster am 21.November. Ich werde Jene Berufstätigen Frauen und Männer preisen und beglückwünschen, die sich der Wohlstandsgesellschaft abgewandt und ein Leben im Kloster vorgezogen haben."
Gerson:"Mozarts Krönungsmesse werden wir jetzt im Petersdom hören."
Papst:"Ja, diese Musik werde ich auch loben und deswegen natürlich die Deutschen Pilger grüßen. Ganz besonders die Pilger von Kuba."
Gerson:"Kuba, immer sprechen Sie von Castro."
Papst:"Ich? Er mag Basketball wie ich. Na und?"
Gerson:" Aber es gibt doch noch mehr in Amerika: Nicaragua, Mexiko, El Salvador, Guatemala, Argentinien, Bolivien, Peru, Ecuador, Kolumbien und Chile."
Papst:"Ich werde auch die anderen Amerikanischen Pilger begrüßen, sie sind mir alle besonders ans Herz gewachsen."

Gerrlitz: 21.November Dienstag: Milde hat Schnee und Eis weggetaut und den Winter scheinbar vorerst aufgehalten. Scheeflöckchen rieseln.
Wieder begegnen sich die Zwei:
Beide hungrig.
Christian:"Hey Wandergeselle !"
Maxe:"Hey Wandervogel !"
Beide im Chor Händeschütteln.

Maxe:"Wie wandert es sich in unserem daitschen Vaterland?"
Christian:"Trocken Brot macht Wangen rot. Mir krauchen uf allen Vieren im Ufschwung."
Maxe:"Die Dürre bleibt aba diegleeche.
Ach Schlesien, meene Heemte. An Polen und Tschechien valorn."
Christian:"Durst iss schlimmer als Heemte valiern. Was fiern doofer Spruch! Doas beste Essen gibt's in unserm Schlesierland !"
Maxe holt 2 Äpfel aus dem Rucksack:"Willstn Appel?"
Christian:"Nu freilich!"
Beide essen.
Christian glücklich sinnend,"N Kretscham uf de Berliner Stroaße, .. Jetze beim Fleischer Hainze Abbernmauke mit Schlachtplatte ! Doas wär n feudales Mahl. Und erst de Goaalert!"
Maxe:"Vom Hainze die Fleischbrodel !"
Christian:"Saure Eier hott ar oo! Und mit Semf oo !"
Maxe:"Oh! Mit Pellkartoffeln!"
Christian:"Näh! Mit Abbernmauke!"
Maxe:"Und senne Kließl mit Rösteln ! In de Kließl de Bratrösteln ! In Butter gebratene Weißbrotwürfel ! Herrlich ! Essen ist wichtiger als der AdventsZirkus."
Christian:"Oder n Näppl Nudeln bein Fidschis," er nimmt Anlauf, und gleichsam tut es Maxe, den Griebsch, beide schmeißen die Griebsche beiderseits der Berliner Straße über die Häuser in die Hinterhöfe, Christian:"Nu nu. Ieh konstatiere: Der Papst koann mir gestohlen bleiben", Christian leichtsinnig lästernd,"Gerrlitz ist haite VorIndustrielle Usbeutung, frieher war die Welt noo in Ordnung."
Maxe:"Ieh bewundere ja die Daitsche Schulbildung. Mädchen und Jungen in een und derselben Schulklasse. Do sejn die Daitschen Vorreiter für die Gesamte Erde gewäsn. Ach apropos: Ieh wollt dir ja den Film soagn, son gutter über Dings. Hier, ieh hoab was vorbereitet", kramt einen Zettel heraus, streicht ihn glatt und gibt ihn Christian.
Christian:"Ieh koann niescht entziffern."
Maxe verunsichert:"Aba, ieh hoab ock oalles ufgeschrieben. Also in Rechtschreibung hotte ieh immer ne Eens."
Christian versucht den Zettel zu entziffern:"Also ieh koann niescht davon läsn", reicht ihm den Zettel.
Maxe im Begriff vorzulesen:"Ieh schreibs mir immer uf, damit iehs nieh vagess, nu, do les ieh amol .. Ieh koann meene eegene Klaue nieh

entziffern."
Christian:"Danne soag mir eefach, was de willst."
Maxe:" Ieh hoabs vagessa."
Christian:"Alzheimer. Danne koann ar Film nieh so gutt gewäsn sejn."
Die beiden lachen unbändig.
Christian wie Schulmeister bühnereif:"Wolln ma eene roochen ?"
Maxe:"Nu gib amol her."
Beide rauchen
Christian:" Mir tun unseren Beitrag leisten für die Globale Erwärmung."
Beide kichern.
Maxe:"Guck amol, d Scheenfeldan !"
kommen Oma Irene 88 Jahre mit Wägelchen mit Opa Andi 95 Jahre an ihrer Seite vorbeigedackelt.
Oma Irene: "Bewölkt un Raajn un Schnee, doas is Gift fir mich. Grippe hoab ieh gehoabt. Konnte nieh rus usm Hous. Aba jetze. Jetze wirds widder kalt. Und se ham Schnee anjesoagt."
Christian:"Dem Akzent noo sejn Se Schläsjer Koann doas sejn?"
Irene:"Bin von HirschbergJeleniaGura."
Christian:"Sisste."
Maxe:"Grieß dich Oma!"
Irene:"Takschen."Allgemeines Händeschütteln
Maxe:"Nu, beizeiten de Weihnachteinkäufe machen? Und denn Gemahl haste oo glei miet dabei."
Opa Andi:"Ma muß amol rus an de Luft."
Christian:"Sie sejnn also der Ehemann von der Irene."
Andi:"Nu nu."
Christian:"Biste us der gleechen Gejänd?"
Opa Andi:"Nee, Nee. Bin usm Dorf janz nahe bei Gerrlitz, Kreis Lauban ist es aba."
Christian:"Lauban! Und do hoabt arr beede nieh daran gedacht, wenn schon Heemte valiern, danne ab nach drüben?"
Andi:" Geld hinterherrennen? Ab nach Amerikanische BesatzungsZone? Nu, do sejnn mer in der Heemte geblieben. Die poaar Kilometer."
Christian:"Und haste´n Beruf gehoabt?"
Irene:"Is ja logisch, menn lieber Herr Jesangsvaain!"
Andi:"Nu Eisenbahner. Menn goanzes Läbn lang."

Irene:"Und ieh hoab uf der LPG in Schlauroth geoarbeetet, an der Landeskrone."
Christian:"Seid ihr scheen fleißich gewäsn."
Irene:"Nu."
Maxe:"Hasten Gocksch so hinten hoch jesteckt. Biste uff Besuch?"
Christian:"Als Seniorin koannste ock jetze scheen denne Rente vabratn."
Alle lachen.
Irene:"Doas is nieh viel Rente. Und vom Wort „Seniorin" hoab ieh oo nischt. Hoabt er die Nachrichten gesähn? D Juden missa imma stänkern. Nu, jetze wo de Busch dran is, kennse sich oalles arlooben."
Andi:"Du, doas kennse oo, wenn de Demokraten an de Macht sejnn."
Irene:"Och, und de Schläschen Sagen von Gerrlitz. Do gibt's ja su viel, und de ZDU arloobt uns nieh, unsere eegenen Sagen zu lesen. A fresches Pack!"
Christian:"Doas iss mir oo schon ufgefallen. Mir tun ock viel mehr Gerrlitzer Sagen hoamm."
Irene:"Nu nu, Sagen mit Schläschem Dialekt und deutlichem Bezug zu Schlesien hott die ZDU us ihrer SagenSammlung herausgenommen. Nur solche Sagen, wo doas Wort Schlesien nieh vorkommt, hoamm se usgewählt. Dabei gibt's viel mehr."
Christian:"Hoab dich nieh so! Doas ist modernes KulturMänädschment. Vafressn mir nur unser Geld, solang mers noo hoamm."
Irene:"Ieh will nieh lästig fallen. Mer giehn widdersch."
Und Tschüss.

Beide Männer wandern verlassen auf der öden Berliner Straße, hübsche Frau kommt vorbei und schon isse weiter.
Beide mit aufgerissenen Augen.
Maxe:"Och guck amol!"
Christian:"Juju, nee, nee, von sowas hott ma amol geträumt, ne flotte Mutti, die een´ bemuttelt."
Beide lachen schreiend. Danne klopfen sie sich mit den Armen warm.
Beide die Berliner Straße rauf und runter guckend:
Christian:"Weihnachtszeit. Nischt zu fressen. Aba de Schaufanster sejn voll."
Maxe:"Öde. Doas ist Absicht. Doas ist so kalkuliert von den hohen Tieren. Doaß mir scheen brav bleeben."

Christian:"Und do soll ma oo no innde Kerch gähn."
Maxe:" Bei denn dürftigen Vahältnissen inna Gesellschaft sulltn Schaufanster vabotn sejn."
Christian:"Doas wär der Pure Anstand."
Maxe:"Es herrscht die Sittenlosigkeit."
Christian:" Nu, ieh hoabs ja oo nieh so miet der Kerch. Ma hätt können meenen, die Wirtschaft tut extra so eenen Weihnachtstrubel machen, äbn damit die Menschen vom Christlichen Glooben angeäkelt sejnn."
Maxe:"Kapitalistenschweine!"
Christian:"Kapitalistenschweine? Doas Wort kenn ieh nieh", muß lachen.
Maxe verzweifelt nach Anschauungsmaterial suchend:"Wirtschaft. Was für een braves Wort. Polnische Wirtschaft! Usbeutung der armen Beveelkerung zugunsten feudaler Vetternwirtschaft. Doas ist wie Steinzeit. Polnische Wirtschaft hoamm mir jetze in der BRD. Dabei sejnn gor keene Polen in der Daitschen Wirtschaft. Daitsche Wirtschaft als Schimpfwort Genial, doas muß ieh ufschreiben!", kramt wie irre nach Kuli und Zettel," Wird die Zeitschrift "Der Schlesier" vom VafassungsSchutz bezahlt? Heute würde ieh soan: Ja. Guck amol: Stell dir amol vor: Sehr wenige "Schlesier"Zeitschriften in Gerrlitz zu sähn und: sehr wenig bekoannt, gutt. Wäre ja meeglich wenn oo traurig; Aba ABSOLUT KEEN "Schlesier" in Gerrlitz zu sähn und VOLLKOMMEN UNBEKOANNT in der Beveelkerung, doas ist een bißl dick ufgetrojn, und? Kommts? da koann nur der Daitsche Geheimdienst senne Finger im Spiel hoamm."
Christian:"Verleichte tut die Antifa dahinter stecken", lacht
Maxe:"Lach ock nieh! Doas ist nieh zum Lachen."
Christian:"Ieh kenn mich mit Geheimdiensten nieh us. Außerdem soat ma zum BRDGeheimdienst „Vafassungsschutz" so wie ma zum DDR Geheimdienst „Stasi" soat."
Beide gickern verfroren.
Kommen Bekannte von beiden vorbeigetingelt, Hagar und Hannel.
Beide Männer im Chor:
Christian:"Ach guck amol die Hagar! Grieß dich!"
Maxe:"Ach guck amol die Hannel! Grieß dich!"
Hannel:"Grieß dich Maxe!"und zu Christian:"Na?"
Maxe:"Grieß dich Hannel!"
Hagar:"Grieß dich Christian!" und zu Maxe:"Na?"

Christian:"Grieß dich Hagar! Wie geht's?"
Maxe" Hannel! So scheen, dich zu sähn! Wie geht's?"
Hannel:"Bei dem Wetter jagt ma keene Sau ausm Haus!"
Alle Viere strahlen vor Freude.
Christian:"Nu nu. Hagar, Wie tun die Aktien stähn? Kriegste den BabysitterJob?"
Hagar:"Och die Eltern sejnn goanz ok. Mitm Kindl hoab ieh mich gutt vatroain. Die mußten mich fast mit Gewalt russchmeißn, d Kleene hott danne geweint."
Alle vier lachen. Alle Viere eifriges Händeschütteln.
Maxe zu Hannel:"Wie isses jetze. Haste endlich die Kurve gekriegt und dich von dennem Ex getrennt?"
Hannel:"Ieh hoab Angst, doaß WessiGesetze mich zur Pflege meenes Exmanns verpflichten. Ieh und meen Mann hoamm uns getrennt. Aber meene Kinder leiden darunter."
Christian:"Hannel! Es geht um dich. Und gloob mir: Denne Söhne wollen, doas es dir gutt geht."
Hannel:"Doas ist nieh so eefach. Ehe und Familie is im Eema."
Maxe:"Woas? So reen gor nischt?"
Hannel:"Beene breet machen? Do is seit 15Jahren nischt mehr geloofen. Wenns nur doas wär. Aber ar ist unmeeglich geworden. Seit vielen Jahren. Ieh fühl mich wie n Häufchen Elend. Ieh bin fertig uf de Reefn!"
Christian:"Macht ar dir die Hölle heiß?"
Hannel:""Doas koannste wissen! Ieh merks an meenem Jüngsten. Der koann sich nimma so gutt an die Hölle von früher erinnern. Und es ist ja senn Vater. Aber dar Große. Der ist uf meener Seite. Der hott die Hölle selbst mitgemacht. Der weeß, was ieh fühle über meenen Mann. Und hetzt gegen mich bei meenen Söhnen. Du, der denkt sich Gemeenheiten us. Ieh bin fertig uff de Reefn."
Christian:"Die von der Laien iss n bleedes Rindviech. Zum Wohle der Familien plädiertse fier Kinderzeugen, aba vorher macht ihre Partei erstmal die Familien kaputt."
Hannel:"Nu nu. Jetze willse großartig einführen, woasses inna DDR längst gegäbn hat."
Christian:"Nu nu. Hatz 4, zieht aich wurm an."
Hagar:"Hatz4, is goanz scheen kalt in Daitschland."
Maxe:"Frieren ist gesund. Kühe auf der Alm sejnn welche Monate? Ieh hoab keene Ahnung. Oder sejnn die im Winter uf der Alm und im

Sommer in den Tälern uf denn saftigen Wiesen. Weeß ieh!"
Hannel prustet:"Maxe, Du fanterst! Die müßten jetze längst von der Alm runter sejn."
Christian:"Nu nu."
Maxe:"Woas? Echt?"
Hannel, Christian und Hagar gucken ungläubig Maxe an.
Hannel:"Nu, du bist äbn n Wessi."
Christian:"Nu nu", Christian entläßt eine Flatulenz, „ Een Pforz. Een Gefühl wie Weihnachten."
Alle Viere lachen herzhaft.
Hagar:"Ieh mach danne los." Alle Viere eifriges Händeschütteln.
Hagar verschwindet mit liebem Gruß an die Drei.

Christian:"Wie konntest du diesen Typ nur heiraten."
Hannel:"Ieh wollt gor nieh. Ieh hoab mich schon von ihm getrennt und wollte doas erste Kind alleene zur Welt bringen."
Christian:"Denn 1. Kind!", Christian klatscht sich an die Stirn, „Und do biste schon so weit!"
Hannel:"Ieh bin von Gerrlitz nachhause nach Gottgetreu geflüchtet. Und er ist mir hinterhergereist. Meenne eegene Familie gemeinsam mit ihm hoamm mich rumgekriegt. Ieh hätte können studieren. Alleinerziehend. Von höherer Stelle war doas schon ok. Ieh dumme Gans laß mich beschwatzen. Meene liebe Schwester hotte sich in meener Abwesenheit für meine Lehre in Gerrlitz bei meenen Eltern im Elternhaus mit ihrem Mann und mit ihrem ersten Kind schon eigerichtet. Kaum mach ich meine Ausbildung und komm am Wochende nachhause, da hat meine Schwester mein Bett schon mit Beschlag belegt, und ich durfte wirklich in der Besenkammer übernachten. Ieh wollte es nieh glooben, wie mich meene eegene Familie behandelte. Meene Schwester führte pletzlich doas große Wort. Es ging oalles so schnell. In der Heimat hoab ieh doas Kind gekriegt, mir hoamm geheiratet, und pletzlich waren mir zu dritt in eener gemeinsamen Wohnung. Es ist zum Heulen gewesen. Oalles war goanz anders, als ieh es gewollt habe. Gerrlitz war ok. Ieh hätte meene Arbeit nieh nur behalten. Ieh hätte oo können alleinerziehend mit meenem Kind studieren. Es war oalles meeglich."
Christian:"Ma iss zu guttmütig. Doas bestraft een."
Hannel:" Und meene liebe Schwester hott oalles geschenkt bekommen. Bis zum heutigen Tage. Meene Eltern sejnn vor wenigen Jahren beide

gestorben. Meene liebe Schwester hott können seit ihrer Jugend mit ihren Kindern und ihrem Ehemann mietfrei im Elternhaus bei meenen Eltern wohnen."
Christian:"Nu is ja herrlich."
Maxe:"Familie wider Willen."
Hannel:"Meen arbeitsloser Ehemann wurde zur Hölle für mich und meine Kinder. Aus Angst um Leib und Leben traute ich mich derheeme keinen Mucks mehr zu sagen. Die lieben Kollegen im Betrieb, die lieben Freunde und Verwandten. Wie geht's ? Mein Ehemann prügelt mich, ich hab Angst vor ihm, er ist die Hölle für mich. Hamse alle gewußt und nicht geholfen. Hamse alle gewußt ! Und nicht geholfen ! Alle ! Und meine SchwiegerMutter verdirbt meine Kinder mit ihren Scheiß Geldgeschenken. Mit ihren Scheiß Geldgeschenken hetzt sie meine Söhne gegen mich auf. Meen Ehemann ging, solange er Arbeit hotte, bis die Wende kam. Und danne wurde ar unfreundlich. Mir fuhren sogar nach Spanien, wie bleede ist ma nur, nur us Macht der Gewohnheit mit jädem Bleeden in Urlaub fahren."
Christian:"Ieh hoab Hunger. Wolln mir mitsamm woas essen?"
Hannel:"Mir kennen ja urntlich vespern. Scheen was kochen."
Christian:" Nu, do biste bei mir richtich. Wulln mer allsamt zum Hainze gähn? Oder nee. Mer gähn am bestn zu mir."
Maxe:" Ja zu dir. Scheen ins Wurme."
Hannel:"Kennen mer mit in denne Kommurke?"
Christian:"Nee. Nee, ieh meen meen Büro im Café Beaufuse. In meene Gerümpelkammer laß ieh keenen Menschen außer mir."
Maxe:"Aba mir sejnn ock keene Vabrecher. Du hoast nischt zu befürchten."
Christian:" Scheiß der Hund drauf! Ieh tu doas anderster sähn. Weihnachten kotzt mich an. Im Büro is warm."
Hannel:"Da kennen mir hingähn ! Man kann bisl dumm sein, aber ma muß sich zu helfen wissen. Alternativen zu Weihnachten : für uns Aktivisten sejnn goanz paar Punkte angesprochen worden, Café Beaufuse ist die beste Alternative."
Maxe:"In eenem Lokal muß ma Geld bezahlen. Ieh koann mir keene Sperenzien erlooben. Do frier ieh lieber. Oder geh derheeme."
Christian:"Komm ocke!"
Hannel enttäuscht:"Wie im wahren Läbn. Früher war oalles besser. PionierEisenbahn Sonnabend, Sonntag und bis 1990/91 jeden Tag in

der Woche ..."
Christian zynisch:" Die Villa vom Wehrkreiskommando .. Och, na ob die Idioten haite noo drin sejnn?"
Alle lachen.
Christian:"Laßt uns eefach a weng spazieren gähn."
Hannel:"Die Leute beobachten, doas ist meen liebstes Hobby."
Christian:"Ungemütlich ist doas Wetter!"
Hannel:" Doas ist Buhwedder, musche bubuhwedder."
Christian muß grinsen:"Woas?!"
Maxe:"Woas?"
Hannel geheimnisvoll, wie als würde sie kleinen Kindern etwas erklären:"Guckt aich doas Wetter an. Trübe. Doas ist Muschebubuh Wedder."
Die drei lachen aus vollem Herzen.
Christian:"Ieh bin eefach groggy nach 20Km wandern."
Maxe:"Doas is mir ock worscht. Biste vaweichlicht?"
Christian:"Mir ock egohl. Hott ja oalles kee Sinn."
Hannel:"Na ihr seid ja trübe Tassen! Ihr brooscht nur die Knöppe ufsperrn, d Oogen ufknöppn. Sperrt die Guckls uf. Die Gedanken sejnn frei."
Christian:"Haußen is jetze goanz scheen ungemütlich."
Hannel brüllt vor Lachen:"Haußen is goanz scheen ungemütlich! Ieh scheeß mi een!"
Die drei lachen.
Kommen sie an einer Bäckerei vorbei. Maxe marschiert prompt hinein und fragt mit Blick auf die Eßwaren:"Hamse Kringel?"
Bäckermeisterverkäufer:"Nee, nur Dona, is aba s gleeche."
Maxe:"Näh! Ieh mecht aba gern Kringel. Na scheen´ Dank oo" und verläßt das Geschäft.
Maxe berichtet:"Ieh hoab gor keen Geld. Ieh wollt nur amol so tun also ob. Keen Appetit uf Backzaich. hoab gor keen Hunger. Aba ne Schweinshaxe, doas wär was."
Alle drei lachen.

Hannel:"Es geht oalles seinen Sozialistischen Gang."
Christian:"Was machstn du hier uf de Berliner?"
Maxe:"Du bist ja ne Hübsche. Für wen haste dich denn so fein gemacht ?"
Christian:" Mir beede flanieren gerade und machen unsere

Eenkäufe."
Die Drei lachen.
Hannel:"Hier 24 Euro waschen schneiden, ieh hoab aba eenen kleen Frisör gefunden, bei dem krieg ieh es ok gutt für 9 Euro. In Polen mag zwar günstig sein, und ieh hotte do oo zwee Frisösen, die waren gutt, zu denen bin ieh immer gegangen, aba jetze sejnn die zweeje wech und naie junge, die sprechen keen Daitsch, denen koann ma sich nieh vaständlich machen, doas ist immer ungewiß, eenmol hott mir eene von denen 5cm zu viel abgeschnitten, grooenhaft, nie mehr geh ieh nach Polen zum Frisör."
Christian:"Eene Dürre is doas wieder mol!"
Hannel:"Energiemäßig Kohle etc hott OstBerlin WestBerlin vasorgt!"
Christian:"Nu nu."
Maxe:"Woas! Doas gibsts ja gor nieh. Die Schlesische Kohle hoamm mir, aba mir frieren. Soag amol, gabs in der DDR oo sowas wie Tschernobyl in der Ukraine?"
Christian:"Ieh kenn nur Rossendorf, Atomkraftwerk Rossendorf bei Dresden, bis nach Wende, iss zwar vaaltet, aba hoammse wohl renoviert, oder se hams abgeschaltet."
Kommen Oma Ella und Opa Herbert vorbei
Oma Ella:"Takschen Christian! Nu grieß dich! Nu grieß aich!"
Allgemeines Händeschütteln
Christian:"Nu Ella, wie geht's?"
Ella:"Och, nu es muß."
Christian:"Und de Opa Herbert. Wie geht's?"
Opa Herbert:"Wie immer."
Christian: Geht er scheen eekoofa, damit dir die Ella was kocht."
Herbert:"Nee, ieh koch mai Zaich selba."
Christian:"Und wie geht's mitte Kriegsverletzung?"
Herbert:"Och es gäht. Damit gäht's seit fuffzsch Juhr!"
Christian:" Und jetze oo backen, Ella? Haste valleicht de Hanfkuchenrezept für mich dabee?"
Oma Ella:"Nu freilich, hier" zeigt mit dem Zeigefinger auf ihren Kopf," im Köppl. Du, ieh werd dir doas amol ufschreem", kramt in ihrem Wanderrucksack, holt blitzschnell Papierblock und Kuli hervor schreibt, Christian guckt ihr fröhlich beim Schreiben zu:"Wasn doas firn Gekrakel? Doas is Daitsche Schrift, nieh?"
Oma:"Doas ist Daitsche Schrift."
Christian:"Doas ist ja wie kyrillisch gestochen !"

Ella gibt Christian den Zettel
Ella:"Nu nu. Scheen läserlich."
Maxe staunt wie ein Analphabet.
Christian:"Nu nu. Mir hoamm Schreiben gelernt. Hurchste immer no n Rias, d Daitschlandfunk?"
Herbert:"Nu feilich. Uf daitsch isses immer no de beste Sender."
Christian:"Bald muß mas widder heemlich macha."
Maxe:" Gibt's denn hier keene gescheite Klause! Wiener Schnitzel .."
Christian:"Mit Bratworscht!"
Alle lachen.
Oma Ella:"Mir ziehen mit vaeinten Kräften! Oach, ieh würd gerne amol wieder in die Kerche. Die scheenen Kirchenlieder singen."
Christian:"Ach Ella, ieh bin keen fleißiger Kerchgänger. Eenmol im Jahr ist mir schon zu viel."
Ella:"Nu soag amol!"
Christian:"Nu, du gähst ju oo nieh so ufte in de Kerche."
Ella:"Nu aber! Ieh bin Evangölisch. Und wie scheen ma do singen koann!"
Kommt ein StraßenHausierer vorbeigeschlichen:"Momang. Ieh bin vonde WidioBeutelsmannBuchklub. Mer hoam Widios un Büchchä in Roohn Meng. Derf ieh Ihnne amol n Abonnemang ufschwatza!"
Christian:"Du, Mer hoamm schon. Prubiers lieber im Bus, wo er gerammelt voll is. Valeicht lossa se dieh rei."
Maxe:"Woasn doas? Ieh wett, doas is Gehirnwäsche."
Ella:"Du, wennde so rumschleichst, koannste denne Büchcha un Widios gor nie loswerde. Ieh weeß, wie schlimm es is, wenns die Leit noo nieh amol geschenkt hoam wulln. Biste vun denner Ware überzaischt? Wenn nieh, danne wechsle ma lieba n Orbejtjäber."
Hausierer:"Doas konn ieh nieh. Den Job hoab ieh vum Orbejtsamt vamittelt krischt. Ieh mach mieh dünne. Scheen Tach oo."
Ella:"Schlimm die Orbejtslusigkeit. Dabei herrt ma reen gor nischt von denne Millionen. Kohl war de greeßte Liegner."
Herbert:"ZDU. Ieh hoabs imma jewußt!"
Christian wütend protestierend:"Merkt ihrs noo. Die Großindustrie herrscht in Daitschland. Doas hoamma der SDP zu vadanken. Der Schröder. Der Yuppie-Arsch. Der merkts nimma. Der hottn Schuß nieh geherrt."
Ella:"Mir müssen weiter. Die Viecher vasorgen. Die ham sogor Hunger, wenns schneit."

Christian:"Die hoamms gutt die Alten. Die tun sich keene Probleme machen mit Orbejtslosigkeit. Die Stütze wolln se noo mehr kürzen."
Hannel:"Koann ma nieh erst in Frieden vegetieren. Nu werrrklich !"
Maxe:"Da gibts ock gor nischt mehr zu kürzen dran."
Christian: "Wolln ma Eeene zuutschen ?"
Hannel:"Ne Zierette."Alle drei lachen.
Allgemeine Zustimmung. Sie kramen in ihren Utensilien und beginnen zu rauchen.
Alle Drei rauchen.
Maxe:"Scheen wurm hinterm Ofen, och wie scheen doas jetze wär!"
Hannel:" Initiative Wohnungsbau : IW64 und danne WBS70, Zentralheizung und Balkon, und Neubau, Sonne Wohnung wollt jeder hoamm. Doas Modernste , was ma sich als Wohnung vorstellen koann."
Maxe:"Ab 1969 gings mit den Plattenbauten in BRD los. Der 45 Stockwerke Turm von der Uni in FrankfurtMain wurde do gebaut. Plattenbau. Während meenes Studiums 1990 hott doas Bauamt dermaßen Baumängel festgestellt, doas von rechts wän der Turm abgerissen werden mußte. Mauschelei vahindert doas aba bis heute. Vielleicht hott die Uni FrankfurtMain oo eefach keen Geld."
Christian:"Nu, die watten , bis er von selbst zammbricht."
Maxe:"Een BauBoom 1969 unter der naien SPDRegierung. Nu, so überflutete der Plattenbau die BRD. Hoabt ihr aich doas abgeguckt?"
Christian:"Se tun ja immer über unsere Plattenbauten lästern. War ja oalles schlecht früher. Doas sieht ma ja jetze, woas ma von der Freiheit hoamm tut, wo jeder Bürger eene EenfamilienVilla bekommt."
Hannel:"78 kam die SBHalle und danne gings mit dem Wohnungsbau erst richtich los. Und haite in der Freiheit läuft im Sommer die Heizung uf Hochtouren, und jetze im Winter funktioniert se nieh. Errungenschaften der Sozialen Marktwirtschaft. Und was treibt ihr so?"
Christian:"Es ist die Zeit, in der sich der Heiland ankündigt."
Maxe:"Weihnachtsmänner vakoofen die in Ildi schon seit August."
Hannel:" Ekelhaft !"
Christian:"Wahrscheinlich wän der Globalen Erwärmung."
Die Drei gickern.
Hannel:" ObstÄpfel zum Wegschmeissen Berge."
Christian:"Nu nu. Die Leute schmeißen bergeweise überall an Wiesen und Feldern ihre Äpfel hin."

Hannel:"Unse Äppel sejnn ju nimma gutt genug. Ne Schande iss doas. Mit der Wende wurn unsre Äppel pletzlich angäblich nimma gutt."
Christian:" Frieher hoats Mostereien gegäbn."
Hannel:" Nu nu. Do konnt jäda hingehen und aus dem eigenen Obst Saft machen lassen."
Christian:" Haite gibt's doas nimma."
Maxe:"Den Menschen geht's zu gutt."
Christian:"Nee, die Gesellschaft ist krank."
Hannel:"Eene Affenkälte ist doas. Typisch Gerrlitz, hier kommt die Winterkälte schon Oktober November."
Christian:"Hannel, biste uf Weihnachtseinkäufen ?"
Hannel:"Nöj, Nöj. Aba wo ieh aich Zweeje schon amol hier hoab: Die Adventsgemeinde macht in een paar Tagen een MusikKonzert in der KreuzKerche. Wollt ihr valleicht hinkommen?"
Christian:"Adventsgemeinde, eene der großen Kerchen in Gerrlitz. Ieh weeß ja nieh, ob die mich do reenlossa", lacht.
Maxe:"Konzert? Heert sich gutt an."
Hannel:"Nu nu. Und morgen am Evangelischen BußundBetTag Gottesdienst mit EentrittsGeld in Kreuzkerche Arndtstroaße mit Vortrag von Prominenten, aba n Preis hoamse nieh genannt. Wie de Werbung in RTV für Poznaner Knabenchor mit Eentritt 28,50Euro. Doas merkt ma aba nur, wenn ma sich erkundigt."
Christian:"Hoam mir keen eegenen Knabenchor?"
Hannel:"MusikSchule Freehlich Weihnachtskonzert mit Eentritt, für Froonzentrum wän Näharbeiten Freikarten, bin 2mol bei MusikSchule Freehlich gewäsn Kreuzkerche Konzert."
Christian:"Musikschule Freehlich? Nu, die tut's schun lange gäbn."
Hannel:"Statt 28Euro Poznaner Knabenchor keennte ma viel besser Dresdner Kreuzchor, Leipziger ThomanerChor nach Gerrlitz schicken."
Christian:" Buß und BetTag tun se abschaffen: Ieh hoabs ja nieh mit der Kerche. Aba Eens soag ich aich: ZDU, die vakoofn ihn wie een Urloobstag, ihr werdets sähn. Es kotzt mich an, doaß die PolitikBonzen so tun, als tät es nur Arme im Usland gäbn. Mir hoamm ock selber gänug Arme in Daitschland."
Maxe:"Blasphemie Leichen benutzt als Kunstobjekte, Plakate in Gerrlitz näbn der JakobusKathedrale an der Bushaltestelle. Doas sollten die Polen wissen, die sejnn ock alle Katholiken. Unmeeglich: do geheert een Bombenanschlag in Guben Ausstellungsort!"

Christian:"Wilhelm-Pieck-Stadt."
Hannel:"Und Hallowehn. Ätzend: Kinder vor der Tür: Und wenn ma nischt gibt, danne wern se frech. Lecke Arsch: Wenn ihr soo frech seid, danne kriegt ihr überhoopt nischt."
Maxe:"Ma belügt die Kinder, Hallowehn wäre Europäische Kultur."
Christian:"Hoamm die User erfunden als Ersatz für Fasching. Frieher sejnn die Kinder singend von Wohnung zu Wohnung gegang."
Hannel:"WeihnachtsgeschenkKartonHilfe mißt ma fir Daitsche Bedürftige Kinder organisieren in Gerrlitz."
Christian:"Nu nu. Is ja ferchterlich, wie se zu Weihnachten immer d SpendenHetze machen."
Maxe:" In Altenheimen selbst trooen se sich nimma. Do machen ses übern Farnsieher. Mir scheent, bei den Organisationen von der Kerche werden nieh so viel Spenden unterschlagen."
Christian:"Papst Benedikt tut sowas hoffentlich nieh zulassen. Aba Bürokratie?"
Hannel:"Na, do wär ieh mir amol nieh so sicher, doas do oalles lupenrein ist. Papst Johannes Paul ist mir viel sympathischer gewäsn! Irgendwie Viel Besser ! Papst Benedikt, was er in senner Jugend unter Hitler gemacht hott. Irgändwie Unsympathisch. Der hott ock als Junger Mann n hohen Job bei Hitler inne. Senne NaziVagangheit gefällt mir nieh. Jetze im Winter gibt's bald WeihnachtsApfelsinen!"
Maxe:"Woas?"
Christian:"Die gutten Apfelsinen gibt's zu Winterszeit."
Hannel:"Doas sejnn die Großen Apfelsinen, die heißen NavelOrangen und kommen kurz vor Nikolaus."
Christian:"Ieh hoabn Knast !"
Am Demi kommen sie an AsiaGeschäft vorbei, Hannel marschiert rein, die Männer mit:
Hannel:"Ieh such Winterstiefel, hoammse sowoas?"
Vietnamesin klein und kaum 20 Jahre alt:
„Nu nu. Aba bluß fir Damen."
Die drei sehen sich um und entdecken nur Sommerschuhe, und heechstens die rosa WohnzimmerPantoffeln gehen fürn Winter.
Hannel:"Ieh säh gor keene WinterStiefel. Wo sejnn die denn?"
Vietnamesin zuvorkommend und vorgehend:" Hier drieben inna Ecke. Winterstiefel fir Damen hoamma im Oognblick aba reen gor nischt. Kumm aba wida rai!"
Christian entdeckt Sandalen:"Koann ieh die JesusLatschen

hoamm?"Und wie Schulmeister zu Hannel und Maxe:"Is ja Winterzeit. Und Winterzeit ist Weihnachtszeit. Die Zeit des Heilands." und zur Verküferin:" Nee lassen Se mol. War bluß n Scherz."
Alle Drei wieder draußen

TheaterPassage hoch, am Platz der Befreiung vorbei.
Kommt Straßenbahn vorbei Hannel:"Och müssen dies scheen warm drin hoamm. Do mach ieh glei derheeme. Machts guttl !"
Maxe Christian im Chor:"Machs guttl !"

Christian:"Guck amol die Polinnen, wie se in ihren Pelzen scheen umherstelzen tun. Und sowas von ufgetakelt."
Maxe:"Woher sisste denn, doas doas Polinnen sejnn ?"
Christian:"Doas sitt mar ock."
Maxe:"Is äbn Weihnachtszeit. Do machen sich die Froon hübsch."
Christian:"Nu wenn se do erst anfang missa."

Maxe jauchzt:"Oh scheen, gucka mol ne Weihnachtsfroo !"
Christian und Maxe starren zu der Frau 10 Meter weiter Beginn Berliner Straße hoch, Christian weiter:"Ne völlig abgefuckte Drogensüchtige im schmuddeligen Weihnachtslook."
Beide lachen ungläubig.
Spazieren die Berliner hoch,
Christian:"Oh guck amol Maxe, dotte an der StraßburgPassage !"
Weihnachtsfrau mit Holzbein: Rentnerin, witzig, lustig, begeistert die Kinder auf Berliner Straße
Christian prustet:" Ne Weihnachtsfrau mit Geschenken im Holzbein! Na guck, wie sich die Kinder frain!"
kommt Frau in Leder bunt angedackelt:
Maxe:"Guck amol die ÖkoTante."
Christian zur Frau:"Nu sisste mal, de KräuterHexe! Grieß dich Melanie. Nu, wie geht's den Indianern ?" Beide lachen.
Melanie:"Grieß dich Christian. Die Navaho Indianer hoamm een scheenes Winterlied. Ieh lern ja jetze die Sprache von den Navaho Indianern. Und die Irokesen beanspruchen jetze 10 Sitze im USKongreß. Ist doas nieh fantastisch ?!"
Christian:"Ieh tu nur Karl May kenn."
Melanie:"Aba den hott ock Hitler so gefeiert als Herrenmensch."
Christian Schulterzucken.

Maxe:"Kenn Se de Huronen ? N doller Indianerstamm."
Melanie:"Nee, noo nie geheert."
Christian:"Du bist eefach een Heimatkind. Immer ufm Loofenden und immer für doas Gutte kämpfen."
Melanie grimmig:"Ieh muß weiter. Do gibt's jetze die Serie „doas liebe Vieh und der Doktor". Und danne muß ieh der Klara die CherokeeApachenKräuterRezeptMischung bring. Machts guttl !"
Die zwei Wandersgesellen wieder alleine:
Christian:"Die wählt Grün. Is n bisl vadreht. Tut sich nieh fir Daitschland interessieren. Naja, sie weeß absolut oalles über Indianer. Aba sonst goanz in Ordnung."

26.November PapstBüro Früher Morgen Sonntag:
Papst:"Gerson, Sagen Sie mal, können Sie nicht ein bißl flotter arbeiten? Wozu hab ich Sie denn?!"
Gerson:"Bitte um Vergebung", macht Bückling
Papst:"Was sagt der Terminkalender für heute?"
Gerson spult ab:"Altenwohnheim in Rom."
Papst:"Die kommen schon zu mir früher oder später."
Gerson:"Italienischer FußballErsteLigaverbandschef, der kommt wegen nem Segen vor der Winterpause."
Papst:"Der hats gut. Ich habe keine Winterpause."
Gerson:"Einweihung des Asylantenwohnheims."
Papst:"Was? Hier in Vatikanstaat?!"
Gerson:"Nein, in Rom."
Papst:"Aslyantenwohnheim, das ist gut, das strahlt in die Welt wie ein Atomkraftwerk."
Gerson:"Einweihung einer Suppenküche."
Papst:"Was?! Wo?"
Gerson:"In Rom."
Papst:"Dann geht uns das nichts an. Weiter!"
Gerson:" Einweihung der neuen Autobahn."
Papst sinnend:"Früher haben wir Waisenhäuser eingeweiht, heute weihen wir Autobahnen ein."
Gerson:"Bürgermeister von Rom, Geschäftsessen mit den Immobilienfritzen, ne Stipvisite in San Marino, Neapel, Die Grünen,."
Papst:"Tse Tse Tse, ich denk ich bin der Chef. Und dann hat man nichts als Pflichten. Ich würde so gerne mal was ganz anderes

machen", überlegt," ne Messe feiern in ..?"
Gerson:"Burkina Faso?"
Papst:"Tüchtig tüchtig, Gerson! Irgendwo, wo man mich nicht kennt."
Gerson winkt mit dem Stapel Terminen.
Papst:"Für das Angelus auf dem Petersplatz steht heute das ChristkönigsFest im Mittelpunkt. ChristkönigsSonntag. Der letzte Sonntag im Kirchenjahr."
Gerson:"Für die Evangelische Kirche ist der heutige Tag TotenSonntag , Sonntag nach Buß- und BetTag."
Papst:"Letzter Sonntag im Kirchenjahr ist heute Christkönigsfest. Welche Wahrheit will Christus in der Welt bezeugen? Ich werde von der Heiligen Schrift berichten. Gott richtete seine Bitte, seinen Sohn als Messias in die Welt zu bringen an ein demütiges Mädchen aus Nazaret in Palästina."
Gerson:"Sie möchten Ihren TürkeiBesuch ankündigen."
Papst:" Und Herzliche Grüße der Türkischen Regierung und der Türkischen Bevölkerung schicken und ihnen danken für die Möglichkeit meiner Reise in ihr kulturreiches Land. Und mit Freude ebenso deswegen, weil ich mit der Orthodoxen Kirche in der Türkei das AndreasFest begehen werde."
Gerson:"Wie motiviert sich das Päpstliche Engagement in der Türkei?"
Papst:"Wir können an Johannes XXIII erinnern, der is 10Jahre Apostolischer Delegat in Türkei gewesen und voll der Hochachtung und Zuneigung für Land und Leute. Am 1.Dezember ist der WeltSIDAtag: Größere Verantwortlichkeit der Mächtigen für diese Krankheit will ich fordern. Für die Kranken und ihre Familien Trost vom Herrn herabrufen. Wir gedenken auch Maestro Lorenzo Perosi der Leiter der »Cappella Sistina«. Heute ist derItalienische Tag der Krebsforschung.
Erschüttert bin ich von dem Polnischen Bergarbeiterunglück bei Ruda Slaska . Den Männern und ihren Familien, die von dieser Katastrophe getroffen wurden, gilt mein Mitleid."
Gerson:"Ruda Slaska ist Preußen Deutsches Bergbaugebiet. Der Reichste Teil des Oberschlesischen Bergbaugebiets in Schlesien. Ruhrgebiet ist vergleichsweise lächerlich. Schlesische Steinkohle. Bis Versailler Vertrag. Seitdem ist Ruda Slaska Polnisches Bergbaugebiet."
Papst:"Beachtlich Gerson. Sie und Ihre Geschichtskenntnisse. Aber

wir leben nicht vor 100 Jahren", und in sich gekehrt:" Allen Polen gilt mein herzlicher Gruß. Heute bin ich im Gebet ganz besonders mit den Familien der Bergarbeiter, die im Bergwerk »Halemba« verunglückt sind. Der König des Universums Jesus Christus ist unser aller Hoffnung."

Berliner Straße 29.November Mittwoch:
Christian:"Hey Wandersgeselle!"
Maxe:"Hey Wandersgeselle!"
Christian:"Grieß dich Maxe!"
Maxe:"Grieß dich Christian!"
Beide schlagen ein und stehen zusammen.

Kommt Oma Rothenburger 95 Jahre und 3 19jährige Frauen, grimmig depressive guckende DiscoMäuse vorbei, die Oma entdeckt die zwei Männer und ruft:"Na Grieß Aich, ihr Halunken!"
Christian und Maxe freudig überrascht brüllen zurück:"Ah! Die Rothenburgern !"
Maxe:"Du, biste in Gerrlitz eekoofa? Ieh hoab gegloobt, in Schlauroth gibt's oo Geschäfte."
Christian:"Nu nu. Die EisenbahnGaststätte. Do koann ma ja prima assa."
Oma:"Ieh wer dir glei helfen! D EisenboahnGaststätte? Die machen schun seit a poar Juhr nischt mehr fier de Loofkundschoaft. Se beliefern Altersheim und Firmen, hoamm ja ne GroßKüche. Nej! Do kumm räjelmäßisch de Milchmann, Fleischer, Bäcker und oo a Bauer eemol de Woche, aba blus im Sommer, nu do is a scheena Parkplatz."
Christian:"Nu, immerhin!"
Maxe:"Wo kommste eigentlich har?"

Oma:"Nu, von derheeme."
Maxe:"Ieh meene, woas isn denne Heemte?"
Oma:"Thiemendorf. Kreis Lauban. Also Schläsien."
Christian:"Thiemendorf. Kreis Lauban?! Ieh werd varickt. Doas iss ja Oberlausitz!"
Oma:"Nu nu."
Christian:"Und woas haste georbejtt?"
Oma:"Nu, Bäuerin. Landwirtschaft. In Thiemendorf hoamm mar n Bauernhof gehoabt. Und hier: In de LPG, Jahrzähntlang, und ufm Gut. Menn Moan wur Eisenboahner, senn Läbtag lang. Unsre Politiker sejnn Rindviecher, dumme Ochsen und Kühe."
Oma zu den DiscoMäusen spontan:"Was guckt ihr wie die Munkentöpfe! Ihr Mädels von heute!" Discomäuse grimmig wortlos ziehen ab, Oma laut zu den 2 Männern:"Do hoamm mir aba in unserer Jugend freehlicher usgesähn."
Maxe:"Munkentöpfe in Bonn und die Munkentöpfe in Berlin .."
Die 3 lachen. Oma weiter

Christian:"Haste oo den HitlerFilm gesähn? DieTraudel, dem Führer senne Sekretärin denkt, der Führer isn netter Onkel. Und die KZWärterin mit Lampenschirm us Menschenhaut."
Maxe:" Erzählen se doas immer noo? Is widerlegt worden. Doas muß n alter DokuSchinken gewäsn sejn. In was für eener Welt läbn mir? ÄmmDR RassenHetze à la ZettDF ZivilFriedensBomben MagdeburgNPD."
Christian:"Der Führer hott Slowakei, Rumänien und Bulgarien als Vabündete gehoabt, und noo viel mehr in Osteuropa: Finnland, in Ungarn, in der Ukraine wurde er begrüßt, weil er doas Land vom StalinJoch befreite. Nur Jugoslawien war gän ihn."
Maxe:"Momang! Slowenien hott die Daitsche Armee begrüßt. Und Kzs erzählen sie ja immer, doaß doas jeder gewußt hott, und doaß deswän die Daitsche Rasse bis in alle Ewigkeit vadammt ist und nieh in den Himmel kommt: Der Daitsche Chef der Besatzung in der Ukraine im 2.Weltkrieg hott nischt von systematischem MassenMord in Daitschen Kzs gewußt. Und der war eens der Heechsten Tiere der Daitschen Wehrmacht."
Christian:"Überfall uf die Sowjetunion. 1941 oder wann war doas?"
Maxe:" Die These der Vagangenheitsbewältigung der BRD, die normole Daitsche Bevölkerung hätte davon gewußt, iss uf der Idee der

Vageltung gän doas Daitsche Volk gewachsen, mittels der gleechen RassenIdeologie, allen Menschen Daitscher Rasse nach 45 een schlechtes Gewissen eenzureden, doas die, die nischt gewußt hätten, schuld an der Massenvergasung wären. Diese These baut an eenem Rassismus in der BRD und broocht ihn oo ständig, um doas Bündnis mit den Usa zu rechtfertigen. Es ist also, sisste, zu was die Akademiker in der Lage sejnn, die, ob Oldie68er oder Neoliberale, uf dem selben NaziRassismus wie Hitler nur mit eenem neuen Namen gewachsen sejnn und durch doas Instrument Medien doas Wissen vakörpern, wie sie aus Daitschen, die Rassismus ablehnten, Rassisten machen, doas heeßt für die Daitsche Rasse gemünzt: Nazis."

Christian:"Doas tut mich oalles nieh interessieren. Ieh koanns nimma heern: Nazis, Neonazis und doas goanze Gesocks. Hoamm die nischt im Hirn, doas sie nieh merken, doaß doas III.Reich vorbei iss?!"

Maxe:" Sie hoamm keene Schanx. Sie werden kriminalisiert, wenn se denn Mund ufmachen. Wie die demokratisch gewählte Regierung Hamas in den Palästinensischen Autonomiegebieten. Demokratie ist immer nur eine fadenscheinige Forderung von BRD Usa Nato. Ma will eefach nur die Unterwerfung. Do koann doas Palästinensische Volk noch so viel Demokratie hoamm."

Christian:"Doas is ja wie Allende mit Chile," und stolz," Allende ! Demokratisch gewählter Staatschef. Deutscher BündnisPartner. Chile."

Maxe:"Woas?!"

Christian:" Doas hat man weggebombt mit Einverständnis von Usa. Nu nu. So friedlich seid ihr drüben gewesen."

Maxe:"Mensch! Wir waren für die Freiheit gewesen."

Christian:"Welche Freiheit?"

Maxe:"Die Freiheit zum Gehorsam. BRD war auf der Seite von Usa in Korea, in Vietnam, in Chile und so weiter. Gestört hats keinen. Unser BRDstaat konnte sich gut mit diesem Gehorsam arrangieren."

Christian:"Sisste. Und ihr mit eurer Meinungsfreiheit. NeoNazis galten bei uns in der DDR immer eefach nur als Vabrecher. Die Zeitungen und doas goanze Farnsiehn tun haite so viele NeoNazis zeigen, doaß es doas Bild vamittelt, een Großteil der Beveelkerung würde sie unterstützen. Es kotzt mich an, doaß doas Bild der Daitschen nieh etwa durch die 4% oder wieviel NeoNazis sondern durch die Daitschen Medien beschädigt wird. Es ist eene große Sauerei. In Rudeln Schwache zu vaprügeln, macht die NeoNazis für mich vollkommen unakzeptabel. Ieh koanns den Jungschen aba beinah noo nieh amol vaübeln, sich für eene SystemFeindliche Bewegung zu begeistern. "

Maxe:"In Rudeln Schwache zu vaprügheln, anstatt die Verantwortlichen Politiker ufs Korn zu nehmen. Sisste, Christian, doas iss es. WÄRE die NeoNaziBewegung authentisch, danne hätte sie längst wie die RAF die Verantwortlichen zum Ziel gehoabt. Oalles was mir aba an NeoNazis in unserem Staat hoamm, iss, soweit es mir bekoannt iss, eene Bewegung, die ihren Gegner nieh als Ziel hott. Die NeoNaziBewegung negiert sich selbst, doas heeßt nieh: NeoNazis sejnn keene NeoNazis mit ihren Utopien wie ChristDemokraten, Sozialisten, Kommunisten, Grüne und und und, SONDERN, diese Bewegung ist een Produkt der Medien für die Medien, doas seit Jahrzähnten WestDaitsche Geheimdienste in den NeoNaziVereinen sitzen und brühwarm Informationen liefern, ist een Offenes Geheimnis: Ma weeß es, aba ma spricht nieh drüber. Freilich vasuchen die Medien uns doas een und andere Mol, wo der Geheimdienst in NaziVabänden peinlicherweise ufgeflogen ist, vagessen zu machen."

Christian:"Gerade bei den Heimatvertriebenen, die ja in der BRD organisiert sejnn: Und der Schläsjer, die Schläsischen Heimatvatriebenen von aich drüben, die wollen immer noo Schlesien zurück. Sowas von bleede."

Maxe:"Woas Recht iss, muß Recht bleiben. Frans-Joachim Ylgner hoat goanz recht."

Christian:"Aba is ock sowas von unrealistisch. Und schaden tuts dem Daitschland Bild oo. Obwohl mir eegentlich goanz gutt doastähn, BRD hoat vor der Wende an Israel und Polen Milliarden Wiedergutmachung gezahlt."

Maxe:"Doas ging nach der Wende weiter."

Christian:"Und Slowenien hoat oo die SelbstständigkeitsAnerkennung durch die Daitschen gefeiert: Genscher!"

Maxe:" Damit begann der Jugoslawische Bürgerkrieg. Napoléon nennt doas "SeparatFrieden", gutter Trick. Die Jugoslawischen Veelker danken ihm ihren Bürgerkrieg bis heute."

Christian:"Dieses Verbrechen tun Siegermächte ständig begähn, ohne Rücksicht uf Valuste. Guck dir Irak an. Flucht und Vatreibung bis heute."

Maxe:" Genscher."

Christian:"Genscher ist der Eenzige Gutte Daitsche Politiker. 1970 die

Öffnung der Grenzen zu Polen und Tschechien. Gutter Mann!", und stolz," Genscher ist ja oo Karl-Marx-Städter."
Maxe schreit vor Lachen:"Genscher Karl-Marx-Städter."
Christian:"Nu nu. Na, die Grenzen worn ja schon vorher offen. Erst mitm Prager Frühling hamse die Grenzen zugemacht."
Maxe ernst:"Die Stadt hamse ja umbenannt. Sprechen nur noo von Chemnitz."
Christian spöttisch:"Chemnitz" und stolz,"Karl-Marx-Stadt heeßt Industrie, IndustrieZentrum! Lonly-Haatz-Club, herrlich! Doas Theaterstück! Du hastes ja oo gesähn."
Maxe:"Woahnsinn! Ieh hätt nie gedacht, doaß Theater dermaßen geil sein könnte."
Christian:"Nu nu. Nu, doas Dresdener Theaterstück hoammse aba vaboten. Genscher! Doas war noo a Politiker! Aba guck dir nur die Politiker von haite an! Stoiber. N´SchluchtenScheißer! Und will in die BundesPolitik. Doas soat oalles!"
Maxe:"Stoiber? Dar Eenzige Bayerische Staatschef, der sich nischt hoat zu Schulden kommen lassen. Franz-Josef Strauß vasorgte Israel illegal mit BundeswehrWaffen, die sie im 1967 Krieg gutt gebroochen konnten. Weils peinlich war, hott BRD mit Israel die illegalen Waffenlieferungen mit GeheimdienstTopSecretStatus seit 1971 legal gemacht. Senne Quittung bekam Franz Josef Strauß mit sennem BefreiungsDebakel bei der ArafatGeiselnahme 1972. Die Vernichtende Niederlage drehte Strauß wie die Aliierten ihre erbärmliche Flucht bei Dünkirchen, die nur durch die Gnade Hitlers nieh zabombt wurden. Die drehten nämlich ihre Niederlage in eenen Sieg, Moral, mit der sie die Friedensbewegung in England vernichten. oo die Milliarden vasickerter Daitscher Staiergelder für Airbus gähn uf senn Konto."
Christian:"Ach was gähn mich die Politiker an. Nailich wieder n gutten Film mit Spevin Casey gesähn. Den mag ieh. Mit som Rechtsanwalt, gän die Todesstrafe in Usa. Aba bisl Scheeße! Nackte im Film und Farnsiehn, zu Weihnachten kriegen mir vorgeführt, wie Nacktheit eener sterbenden Frau im Daitschen Farnsiehn so und nur so dargestellt werden darf: Als Perverse Ausnahme. Perverser geht's nieh."
Maxe:"Sisste? Der Westen hott dafür doas Wort SnuffMovie. Biste oo schon n HulliwuudFan."
Christian entrüstet:"Iche?!"
Maxe:" Mit som Film transportiert doas BRDFarnsiehn die Usa als

een näherer Nachbar als Belgien, als wäre die Usische Todesstrafe een Daitsches Thema. Und ieh hoab als 15Jähriger in BRD Unterschriften gän die Todesstrafe in Usa gesammelt. So bleede koann ma sejn. Mir drüben warn sowieso n bisl beschränkt. Contergan, haste oo den Film gesähn?"

Christian:"Nu freilich. Contergan: die PharmaKatastrophe in der BRD 1960."

Maxe:"Im Film allerdings mit Anspielung, wie dolle ma in der BRD 1960 über Juden und Hitler gespochen hott. Verfälschung der Geschichte. Doas iss die Fiktive Geschichtsschreibung der BRD."

Christian:"Woas? Nu, Juden und Israel immer präsent erscheinen zu lossa, oo wenns gelogen ist. Ach, doas interessiert mich oalles gor nieh."

Maxe:"Zu der Zeit hott doas Thema Juden in BRD Beveelkerung gor keene Rolle gespielt."

Christian:"Na Contergan, een scheenes Thema zu Weihnachten. Also Iche! Ieh liebe ja Dallas und wie sich der Kapitalist am Ende umbringt. Herrlich! Dallas, doa waren se hier in der DDR goanz scharf druf. Doas war der Geilmacher der Nation. Die Dallas-Serie ab 1980 als US-Kultur-Geilmacher. Bis Dallas gabs in der DDR keene Korruption. Erst ab Dallas, wo mir scharf uf WestJeans gemacht wurden, griff pletzlich die Korruption um sich."

Maxe:"Mir scheent, Dallas hott oo dich beeindruckt."

Christian wundert sich, sieht auf seine vaschlissene Arbeitskleidung herunter und wundert sich:"Ieh hoab 180 Grad die andere Richtung eengeschlagen. Früher war ieh gän doas System. Und heute bin ieh gäns Neue System. Die letzten Jahre vor der Wende: Die eenen hoamm gehortet und nach WestPaketen gebettelt, bei mir mußts oo ohne gähn. Und wie se alle zu Schweinen wurden, die dem WestGeld wie eenem Götzen hinterhergerannt sejnn, wie se angegäbn hoamm mit ihren WestProdukten, die se vom Onkel geschickt bekommen hoamm. Und danne hoamm die sich pletzlich alle Spiegel an die Fanster gemacht."

Maxe:"Spiegel? Sowas hoab ieh ja noo nie geheert. Spiegel an die Fanster?!"

Christian:"SatellitenSchüsseln. Wie se geil druf waren."

Maxe:"Ach so! Schpihgel hamwo oo gehoabt. Und den hoamma bis haite. Doas ist eene typische BRDZeitschrift uf Linie. Seit eh und jeh iss doa nur Positive Staatskritik. Schpihgel inna BRD isn Heiligtum;

doas hoamm sich zu meener Zeit in der Schule wir Schüler usn Händen gerissen, Schpihgel galt als Kritisch."
Christian:"Schpihgel. Kenn ieh nieh. Interessiert mich nieh. Obwohl. Die hoamm ock so gutte Fotos von ihren embedded journalists, eengebettet, wie scheen doas klingt, ieh frach mich, was die Leute gän Busch hoamm."
Maxe:"Die Usische Armee inna Welt rumschicken. Und alle machense mit. Die BRD vornewech."
Christian:" Nu nu. Und erst doas Farnsiehn, haite een Hakenkreuzfilm nachm andern! Jädn Tach n Film mit Hakenkreuzen!"
Maxe:"Nu nu. Die werns notwendig hoamm. Die Bevelkerung uf Linie bringen. Uf Linie. Englisch heeßt doas Intanett. Die Daitschen Medien sejnn Nazigeil."
Christian erstaunt:"Geil? Sowoas soat ma nieh."
Maxe:" Daitscher Film und Farnsähn sejnn Nazigeil. Sowoas von Urschmäßig. Damitse der Bevelkerung zeigen, wie heilig haite alle Kriege von Usa sejnn."
Christian:"Nu. Busch und senn Kreuzzug. Und alle PopMusik uf Englisch, damit die Jugendlichen nieh merkn, doaß sie Sprache des Angriffskrieges und senner Propaganda iss."
Maxe:" Nu nu. Doa mißte ma eegentlich sähn, auf welch schwachen Füßen haite doas gesamte Kapitalistische System der Welt steht."
Christian:"Ieh hoab was gän doas BRDSystem. Zivile Opfer machen se zu Propaganda gän die Flüchtlinge und Heimatvatriebenen, indem der Staat eefach die Welt ufn Kopf stellt, weil er die Macht dazu hott. Die Legitimation dafier ist, doaß Hitler us der in den Tod gebombten Daitschen Zivilbeveelkerung Märtyrer gemacht hott."
Maxe:" Na und? Jede Armee auf der Welt macht aus ihren ZivilOpfern Märtyrer. Jede! Aba die Daitsche Wehrmacht macht ma zu Kriminellen. Die SS war eene EliteTruppe, Jeder Staat hott eene EliteTruppe, die macht, egal was befohlen wird. Der normole Daitsche Soldat mag Widerwillen vaspüren, bei eener Vergeltungsaktion wie in Italien wän der Ermordung von 30HitlerSoldaten durch Italienische Partisanen, doas sejnn im Veelkerrecht nicht Offizielle Soldaten, doas nächste Dorf mit 200 Eenwohnern mit Froo, Mann und Maus auszulöschen. Auf die EliteTruppe konnte ma sich aba verlassen. Is schlimm sowas. Iss aba gang und gäbe. Der Chef dieser Einheit steht bis heute in Italien unter Hausarrest. Was ist mit den Partisanen,

denen diese Dorfbeveelkerung doas Massaker zu verdanken hott? Sitzen die irgendwo in Hausarrest seit 1945? Nee: Unser geliebtes BRD System vergöttert diese goanze Sorte Partisanen bis heute. Und danne sieht ma heute Farnsiehn. Aba Rassenhetzte heute? Dokumentation über die Vernichtung der ZivilBeveelkerung durch WestAliierte Bomben. Wohlgemerkt: Die Sowjets hoamm sowas nieh gemacht. Aba unsere lieben Freunde GroßBritannien und Usa. Du lieber Gott! 45Jan bis März: Dresden nieh erwähnt, ist doas Rassenhetze oder Rassenhetze?"

Christian:"Unsere Medien mit ihrer Unabhängigen Berichterstattung. Tun Groß mit Nahem Osten, aber es ist immer die Kamera der Embedded Journalists, die die Palästinenser filmt."

Maxe:"Doas Ziel ist erreicht, wenn ma die Palästinenser so weit hott, doaß sie sich selbst verraten. So hott mas mit den 5 Millionen Schlesiern gemacht. Systematische Vernichtung, vollendet nach der Wende 1989. Ihr Dialekt ist offiziell ausgestorben. Schlesischen Dialekt gibt es nur noch als KasperleTheater."

Christian:"Diaspora der Schlesier. Do kräht keen Hahn nach."

Maxe spöttisch:"Medien: Der ÖlTerrorAnschlag in London? Nee! Unsere Medien machen n Betriebsunfall draus. Und keener spricht über die gutten Beziehungen von Hitler zur Sowjetunion. UdSSR und Hitler? Do derfs kee Bezug gäbn in Schulbüchern. Die Daitsch-Sowjetischen Beziehungen kriegen mit der Arbeitslosigkeit und USA-Börsenkrach 1929 neue Perspektive im TauschHandel, der in den Daitsch-Sowjetischen Beziehungen zur Blüte gelangt und währt unter Hitler und Stalin bis just zum Daitschen Eenmarsch in die Sowjetunion. 23Uhr kommt der Güterzug aus der Sowjetunion, 23.05Uhr marschiert Hitler in der Sowjetunion een."

Beide hungrig vor Imbiß Berliner Straße:

Christian:"Und danne erzählen se immer von Zwangsarbeit von Kriegsgefangenen bei Hitler. Napoleon hott doasgleeche gamcht. Aba, hoppla, do seid ihr Wessis pletzlich goanz begeistert."

Maxe:"Woas?"

Christian:"Die Bürgerliche Gesellschaft koann ihre Geschichtsschreibung sehr gutt anfrainden mit Napoleon. Für uns war er immer nur Diktator und skrupelloser Militarist."

Maxe:"Militaristenschwein. Ieh gloob, doas Wort gabs amol drüben bei uns. Is aba vaboten worden. Und mir Schlesier hoamm sowieso nischt zu soan. Für die BRD sejn die Schlesier sowoas wie die

Palästinenser für den Nahen Osten."
Christian:"Vietnamesen sejnn für die DDR Fremdarbeiter. Oder die machen in der DDR die Ausbildung bis hoch auf die Universität. Und danne gähn sie in ihr Lnd zurück, um es aufzubauen. Die Wende hott den Vietnamesen in der DDR die Katastrophe beschert, pletzlich ohne eene Weltanschauung in eenem fremden Land dazustähn, goanz wie mir Daitschen. Doas System ist zusammengebrochen, und pletzlich gähn se wie die Wölfe gäneinander vor. Nur noo Ellbogen."
Maxe:"Du, über so eenen Zustand schreibt die Politikwissenschaft seit Jahrhunderten. Der Mensch ist des Menschen Wolf."
Christian:"Wenn ieh säh, was die Spekulanten aus unserer Stadt machen tun, wird mir schlecht. Seit 1989 wird mir schlecht. Ma bräuchte eene Bewegung, die doas System mit den eegenen Waffen schlägt. .. Medien? hm. Freie Meenungsäußerung? Eene Lüge bis zum Abkotzen."
Maxe:"Guerilla hoamm mir mit der RAF gehabt."
Christian:"Guerilla, so een Wort durf ma heutzutage in unserer Zensur nimma in den Mund nehmen."
Maxe lacht:"Nu, du und denne Spekulanten! Oo dieses Wort iss vaboten. Weeßte, woas Spekulanten haite im BRD Lexikon sejnn?"
Christian:"Spekulatius?"
Beide lachen.
Maxe:"Nee: Der vorbildliche Unternehmer im besten Wortsinne. Anstatt Sittenlosigkeit der Spekulanten, nämlich die eegene Beveelkerung uszubeuten, iss nur noo diese Definition von „Spekulant" zu finden."
Christian lacht:" Ausbeuten ist oo so n Wort. Wenn ieh wie die Weltbank kleine Staaten zugrunde richte wie Nicaragua und andere Staaten in Amerika und mittels der Demokratie der Beveelkerung jede Macht nehme, und danne heute „Aufbau der Neuen Bundesländer", wie   III. Welt."
Maxe lacht:"Aufbau der III Welt. Sehr gutt ja. Der Aufbau der Zasteerung", die zwei Wandersgesellen lachen häßlich.
Christian:" Die Weerter Ausbeuter und Spekulanten koann ma nieh gebroochen, zB sejnn Spekulanten wie Obere Berliner Stroaße, ja wie nennt ma die seit 1990? .. AufschwungAktivisten."
Beide lachen sich krumm.
Christian:" Die tun n Orden kriegen, frieher nannte ma die Ausbeuter, und die kamen an die Laterne, oder ins Gefängnis. Und

USA, sichtes Imperialistisches Pack!"
Maxe:"Achtung! Oo son Wort. Christian, du bist nieh ufm Loofenden. Mir denken mit Worten. Mir denken in grammatikalischen Sätzen. Imperialisten, oo dieses Wort ist vaboten und kriminalisiert, wie das System alles kriminalisiert, was an den UrschSesseln im Reichstag kratzt. Die Grünen hott ma in den 1970ern inna BRD kriminalisiert, bis sie sich selber zensiert hoamm und dem System nimma gefährlich werden konnten. Der Deutsche Kapitalismus seit 1989 bis haite bedient sich der Methodik, als systemfeindlich erkannte Wörter aus unserem Bewußtsein zu streichen, und zwar dadurch, doaß bei solchen Weertern heute zu gelten hott: do lacht die Gesellschaft mit ihren Medien, doaß ma wohl n bißchen in der Nostalgie schwelgt. Deswän hütet sich danne dieser Mensch, dieses Wort in den Mund zu nehmen. Und een Wort, doas ma nieh spricht, doas wird oo nieh aufgeschrieben. Und een Wort, was nieh aufgeschrieben ist, exisitiert nieh."
Christian:" Ieh finde, ma müßte neue Worte benutzen. Aba mit der Bedingung, doas die Medien sie nieh mißbroochen kennen."
Maxe:"Doas is aba gefährlich und unmeeglich, weil ma die gesamte Welt der Medien gän sich hoat. Diese neuen Worte dürften sich nieh eignen, um eenen Nullpunkt für neue wissenschaftliche Zalaberung zu setzen. Aba die Obrigkeit verhindert sowoas ständig. Der Verein im Reichstag ist der Inbegriff der Esoterik."
Christian:"Esoterik?"
Maxe:"Die Politiker im Reichstag sejnn n esoterischer Club. Nur für Eingeweihte. Doas iss Rälligion. Mit den Israelischen Zionisten zB macht die kapitalistische MedienErziehung nämlich genau dies: Zionisten sejnn zwar Rassisten, aba die BRD Zensur vabietet, sie Rassisten zu nennen, und setzt in ihrer ZensurPresse oalles daran, diese Jüdischen Rassisten scheenzufärben. Und schon wieder schreiben sich die Leute die Finger wund über diese erfundenen Probleme, die aba für die Mächtigen sehr nützlich sejnn. Guck amol, is wie USMilitärBasen: dieses Wort existiert nieh in der BRD Sprache. Im ArmeeJargon heeßt es: Penetrieren in die Feindlichen Stellungen hinein. Doas Wort Penetrieren gibt es auf der Welt ausschließlich als Geschlechtsakt des Mannes. Im Militär ist es: die Vergewaltigung des Feindes. Die Mannschaft des FrauenFußballClubs DingsStadt penetriert die Abwehr von SV DingsHausen, Scheene Flanke! Und?! Latte! .. Ma müßte Aktionen machen: Ab jetze, wo ieh

„AutoMechanikerin" soage, gibt es doas Wort „AutoMechanikerin" auf der Welt. Aktionen, die den SprachenTerror eefach ignorieren."
Christian:"Ieh koann mit diesem goanzen Scheiß nischt anfangen. Mir genügt die Daitsche Sprache. Ieh brooch nischt weiter. Russisch will ieh nieh und Englisch will ieh nieh. Die sejnn nur Besatzung gewäsn."
Maxe:" Een Bonze an der Laterne, do gibt es nieh viel Meeglichkeiten, doas scheenzureden: een feiger Anschlag auf die freiheitliche demokratische Grundordnung ha ha wenn ieh die Scheiße schon heere."
Christian:"Wie feige sejnn die GroßBriten und unsere Usamerikanischen Freunde, wenn sie ne Bombe auf eene Daitschen Großstadt fallen lassen?"

BGS fährt durch Fütze. WasserWoge über die beiden Männer.
Maxe Brille putzend: „Ma müßt Kontaktlinsen hoamm. sejnn aba früher so taier gewäsn."
Christian:"Woas? KontaktLinsen? In DDR seit 1970 normol!"
Maxe:"Woas? Doas gibt's ja gor nieh! Ihr hoabt die gehoabt?!"
Christian:" Nu nu. Ihr nieh?! Doas is ja unglooblich!"
Maxe:"KontaktLinsen war in der BRD erst ab 1980 Mode! Mir Wessis hoamm immer geprädigt bekommen: Was Modernes? Nee, DDR hott sowas nieh, is ja Bauernprimitiv."
Christian stolz:"Mir sejnn ja oo ArbeiterundBauernRepublik."
Maxe:" Die DDR Sprache durch BRD Sprache zu ersetzen erregt eene Gänsehaut."
Christian:"Gehirnwäsche tut ma doas nenn. Kadavergehorsam."
Die zwei Wandersgesellen wandern über die Berliner Straße.
Christian gleichgültig enthusiastisch:"Was kennt ma nur machen!"
Maxe gleichgültig enthusiastisch:"Pforzen ist meen liebstes Hobby."
Christian:"Is ju amol wieder so typisch Wessi: Nur an sich denken", und pforzt überrascht. Maxe pforzt zurück. Beide überrascht.
Maxe:" Ma müßte irgend een Hobby hoamm."
Christian schimpft streng:"Aba mir hoamm ock n Hobby!"
Maxe geht n Licht auf, Christian grinst ebenfalls,
Beide:"Die Wanderslust!"
Christian mit SchulmeisterFinger:"Wichtigste Vokabel für Pfadfinder: die Wanderlieder. Das Wanderlied."
Maxe:"Der WanderProtestsong."
Christian:"Doas Wandern ist des Müllers Lust."

Kommt n mit Megaphon bestückte ChetBakerJazzTrompetenMusik trällernd moderne WessiUrlauberBusLadung die Berliner Straße runter, Christian wie Schulmeister den AchteFinger hebend:"Hurch amol, doas iss Chet Baker, UsAmerikanischer TrompetenStar, wohlbekannt in der DDR."
Maxe:"Woas?!"
Christian:"Nu, do stoonste. DDR is nieh asu weltfremd, wies d Westen gern gehoabt hätt."
Sie lauschen.
Christian:"Een Vorbild für die UsaMusikalische WeltJugend."
Maxe:"Kotzamusik! Woas? Jugend musitsiert?"
Christian:"Heroinsüchtig bis zum Abwinken."
WessiReiseTruppe ist raus aus Bus, auf dem Postplatz aufmarschiert und singt BRDNationalHymne, sagt Christian:"Du Maxe, do singen mir in unserm Wandervaain ock goanz anderster!" Und los legen se. Und singen gröhlend störend dazwischen. Und so singen sie gegen die Usierung von Gerrlitz. Manche WessiUrlauber vergessen verunsichert ihren Text. Da gröhlen unsere zwei Wandersgesellen erst richtig los. Unsere zwei Wandersgesellen verschnaufen.
Maxe:"Mal ne kleene SingPause."
Christian mit SchulmeisterAchteFinger:"Kleene WanderSingPause."
Unvermittelt, wieder Hoffnung geschöpft, beginnt unvermittelt die faule WessiUrlauberTraube von neuem, jetzt lauter und, ob mas glaubt oder nicht, mit mehr Elan.
Christian und Maxe gucken sich an, und im Chor:" Wasn jetz los!", sie staunen über die Wessis, dann Christian:"Und frisch ufs Naie!" Der WanderChor trällert in steter Inbrunst, die Touristen singen noch lauter, da erschallt eine alle in Ehrfurcht und in die Knie zwingende Opernstimme:"DOAS WANDERN ISS DES MÜLLERS LUST usw usw usw",
Christian und Maxe gucken sich an.
Christian:"Paul Robeson."
Maxe:"Paul Robeson."
Christian:"Billy. DOAS ist Billy!"
Maxe:"So scheen kann Oper sein!"
Christian:"Dar brooch keene Lautsprecher. Dar unterhält alleene doas goanze Stadtzentrum."

Während die Urlauber verschüchtert zu ihrem Bus flüchten, fragt sich

nur wohin se jetzt fahren wollen, trällert der Barde.

Maxe:"Paul Robeson. Denn gabs sogor im Volksempfänger."
Christian:"Paul Robeson. Mir sejnn gor keene sichte AntiAmerikaner, wies de Wessis imma dorgestellt hoamm."

Der Barde trällert, und unsere zwei Wandersgesellen setzen ein, der UrlauberBus fährt ab, und ein herrlicher Chor erschallt von der Berliner Straße über den Postplatz bis zum Demianiplatz.

Billy brüllt zu den beiden:" Mensch macht Singen Freude!"
Sie grüßen und winken sich.
Es kehrt wieder Ruhe ein. Und unsere zwei Wandersgesellen setzen ihren Weg in der Berliner Straße fort.
Ulrike, eine Bekannte von beiden taucht auf:
Ulrike:"Na ihr. Komm ieh ock nailich vom Theaterspielen derheeme, pflaumt mich meene eegene Tochter an:"Was kommst du so spät derheeme. Bei dir piepts wohl!" Doas hott mich gleech in Depression gestürzt. Meene Familie im Winter mit FlüchtlingsTreck aus der Heemte raus , hott meene Tochter denn gor keenen Respekt!"
Christian tröstend:"Denne Tochter weeß es nieh besser."
Maxe:"Wunderst du dich in diesem Staat noo über irgendetwas?" Die Männer nehmen Ulrike in den Arm.
Maxe:"Flucht und danne Entschädigung, wenn ieh doas schon heere von unseren Schlesischen Wessis! Schlimm, und nischt gekriegt, von wän Entschädigung pah!"
Christian:"Doas VertriebenenGeld hamse gekriegt."
Maxe:"Woas?"
Ulrike:"Nu nu. Entschädigung hamwa gekriegt. Alle Flüchtlinge in der DDR hoamm die Entschädigung gekriegt."
Maxe:"Woas?! Ieh vasteh überhoopt nischt mehr, na danne hoamm manche Wessis auf die Entschädigung vazichtet, um die Ansprüche zu behalten .., vastäh..Äh, danne sicher abgespeist mit nem kleinen Betrag, wetten?"
Christian:"Von der Flucht weeß die heutige Jugend nischt mehr. Für die gibt es nur doas Goldene Kalb. Anstand Respekt, so was kennt die Generation nach der Wende nieh. Is zum Varicktwerden, mit was fürner Respektlosigkeit die Kinder von heute den Eltern ins Gesicht spucken. Nu Ulrike?"

Ulrike wütend:"Was geht denn doas sie an, was ieh mache. Und dabei iss es meene Tochter, die Mutter meener kleinen Enkelin! Ieh koann ock machen was ieh will. Ieh koann ock zum Beispiel oo fremdgähn."
Christian:"Du hast ock zur Zeit gor keenen Mann, do koannste oo nieh fremdgähn."
Ulrike:"Ieh meen ja bluß. Soll ieh ock machen, was ieh will." und fester im Glauben:"Für die Lust wird ma asozial", sie lacht, „Also ieh muß danne weiter, für meene Enkelin dies und doas besorgen, Machts guttl."
PapaLinke kommt vorbei: Beide Wandersgesellen im Chor:
" PapaLinke !"
Papa Linke:"Grieß aich Wandersgesellen ! Kommt jetze eefach mit ins Haus des Handwerks, do ist der BäckerundFleischerChor. Do kennen mir mittsamm redde" und zieht sie, ohne eenen Widerspruch zu dulden, ins Restaurant," und im Übrigen: Mir machen ne RiesengebirgsFahrt. Wollt ihr miete."
Christian:"Na guttl ! Machen mir! Und was gibt's zu essen?"
Maxe:"Mensch, weeßte nieh, wer doas is, doas ist der berühmte Maler !"
Christian:"Nu guck amol an! Und davon soll ieh satt werden?", lacht Papa Linke fröhlich ins Gesicht und schlägt ihm freundschaftlich auf die Schulter.
Maxe:"Restaurant heert sich wie Essen an. Aba mir hoamm nieh viel Moneten."
Papa Linke:"Mir werden uns schon den Bauch vollschlagen. Mir Schlesier halten zusammen. Ihr seid gestandene Männer, ihr könnt was vatrojn."
Christian:"Na danne nischt wie rein."
Der Speisesaal ist schon leicht gefüllt. Alle gehören sie dem gleichen Verein an.
Begrüßung spaßeshalber fragt Einer:"Und was fürne Branche seid ihr?"
Christian:"Che Guevara."
Maxe:"Revolution 17.Juni: die Eenzige Revolution , die es in Daitschland je gab."
Anderer:"Seid ihr hier richtich. Mir machen hier nämlich Gehirnwäsche."

2.Dezember Samstag Erste Vesper zum Ersten AdventsSonntag
Petersdom PapstBüro Früher Morgen:
Der Vatikan erstrahlt in winterlicher Milde, Adventsschmuck ist wenig zu sehen.
Papst: "Jesus Christus."
Der Papst ist ernst, und sein Gesicht ist wie in Stein gehauen, er ist jetzt voller Arbeit. Seine Verantwortung über die Weltmacht der Katholiken gilt nunmal 24 Stunden täglich.
Er ist gerade von der MorgenMesse zurückgekehrt. Der Butler Vinzens bringt das Frühstück.
Vinzens fröhlich:"Eure Emminenz werden hungrig sein", und stellt das Tablett hin, "Guten Appetit!
Papst:" Danke Ihnen! Dank sei Jesus Christus !"
Vinzens:" Dank sei Jesus Christus !"und im Begriff, sich wieder zurückzuziehen,
Papst innehaltend:" Ach Vinzens, eine Frage. Was halten Sie von den Jesuiten und den Freimaurern ?"
Butler erstarrt. Nach reiflichem Überlegen: " Früher haben sie sich bekämpft. Heute sprechen Sie sich miteinander ab."
Papst:"Verschwörungstheorie. 1 + 1 = 2 ist eine Verschwörungstheorie. Gott ist eine Verschwörungstheorie, sagt die Politik. Die Politik impft uns das schlechte Gewissen ein."
Butler vorlaut:" Und das NichtsTun."
Papst nachdenklich, Blick zum Frühstück, wedelt mit der Hand zum Butler:"Hinaus!"
Butler entfernt sich wortlos.
Papst geht auf und ab. Wie im Brevier lesend spricht er leise vor sich hin:"Heute zu Beginn des Neuen Jahreskreises mögen wir sehen, daß Gott sich dadurch definiert, daß er kommt, im Advent Advenire das heißt ´kommen zu´ Akkussativ , und die Kirchenväter Kirchenmütter unterscheiden
das Kommen Gottes als Wesenseigenheit in 2Arten: 1. Die Menschwerdung, das heißt die Erlösung und 2. Am Ende aller Zeiten, das heißt unser Leben. Die Adventszeit speist sich aus diesen 2 Arten. Jedoch nennt der Heilige Bernhard eine 3.Art der Wesenseigenheit des Kommens des Herrn, und zwar ist das, wie Bernhard sagt, die okkulte und zwischen den beiden erstgenannten Arten angesiedelte Art des Kommens des Herrn, die jeder Gläubige in seiner Seele mystisch autonom als Ruhe und Trost erfährt, wodurch diese Wesenseigenheit

des Kommens des Herrn wiederum kollektiv gefaßt wird, das heißt unsere Ruhe und unser Trost. Somit schlägt Bernhard die Brücke zwischen Heiligabend und dem Ende aller Zeiten. Meine Pilgerreise in die Türkei ermöglichte mir, Gottes schönsten Namen „Frieden" ins Gespräch zu bringen. Ich danke Gott, dem Herrn der Zeit für diese schöne Zeit in der Türkei."

Berliner Straße 2.Dezember Samstag:
Maxe:"HeyWandersgeselle!"
Christian:"Hey Wandersgeselle!"
Maxe:"Grieß dich Christian!"
Christian:"Grieß dich Maxe! Machst du oo eene Unterwanderung in unserem scheenen Schlesischen Gerrlitz?"
Beide lachen, kräftiges Händeschütteln, Umarmung, gemeinsamer Weg:
Maxe:"Muß ieh dir erzählen, du gloobst es nieh: Schlesisches Museum: Schlesierin von WessiBusKarre soagt mir:"Schlesischer Dialekt? Kenn ieh nieh. Sie meenen doch sicher Sorbisch. Iche: Danke."
Christian:"Do sieht mas. Die Wessis. Die Bonzen."
Maxe stolz:"Bonzen an die Laterne. In der BRD hott ma Exempel statuiert in den 70ern."
Christian:"Ma muß immer gän die do oben kämpfen. Deswän mag ieh Asterix und Obelix, wie se jedesmol den Julius Caesar fertigmachen."
Maxe:"Julius Cäsar galt in der BRD als een doller Hecht und een doller mächtiger Kaiser, der nur leider den Verbrechern zum Opfer fiel. Hollywood äbn. Dabei dreht sich Lateinern der Bauch um. Die Julius Cäsar-Diktatur ist in Wahrheit der Zusammenbruch der Reemischen Kultur. Den Tyrann Julius Cäsar zu ermorden, TyrannenMord ist nieh nur ethisch straffrei sondern een Gebot der Ethik."
Christian:" Nu Sisste amol! Beim Erich koannten mir Julius Cäsar nur als Diktator. Und SpartakusBund", Christian stolz.
Maxe:"Es muß also im Interesse der als Diktatur Mächtigen sein, allen Anschein eener Diktatur zu beseitigen und stattdessen für doas Volk so zu tun, als herrsche eene Demokratie. Die beste Propaganda, die ma für diesen Zweck gefunden hott, ist: Die Gedanken seien frei. Genau doas ist der Hebel, an dem doas gesamte System hängt. Und für

Usa hott es seit 1776 keen eegentliches Interesse an eener eegenen Kultur gegäbn. Doas BlutsBündnis der WestBlockStaaten bedeutet die Vernichtung eener Nationalen Kultur, ob in Frankreich, oder in GroßBritannien, Polen, Australien, Irland etc und freilich hooptsächlich in den USA selber."
Anerkennend Christian:"Ieh hoab nieh studiert. Fürn Akademischen Grad hotts nieh gereicht."
Maxe:"Für mich oo nieh."
Christian ungläubig:"Woas?!"
Maxe:"Nu, der Schröder hott sich wengst usm IrakKrieg rausgehalten."
Christian:"Der Schröder? Do wär ieh mir nieh so sicher. Die Großindustrie hott er immer unterstützt. Do wirds bei der Rüstung nieh anderster gewäsn sejn."
Maxe:"Aba wie die WestMedien die Osthoff fertiggemacht hoamm. Soag ock amol ehrlich!"
Christian:"Osthoff und 2 Leute Leipzig sejnn selber schuld. Nu, doas is ja olls weit wech. Ufräjn tut mich schun äher, wie de Geberatter und senne Obere Berliner Stroaße mit der SED-Kreisleitung in unserm freiheitlich demokratischen Rechtsstaat durchkummt. Der iss ock oo son Schluchtenscheißer. Wessi! Und dem Reemtsma senne NS-Wanderausstellung mit den daitschen Leichen. Hurr uf!"
Maxe:"Er hotts immer wieder korrigieren wollen. Unterstell ihm nur ja nischt."
Christian:"Ma kommt uf senn Fotos schon amol durcheinander mit den daitschen Leichenbergen Dresden und den KZLeichen. NS-Wanderausstellung" lacht verschmitzt in sich rein,"Ieh bin ja goanz scheen bewandert. Reemtsma macht nur ne Unterwanderung."
Beide lachen verschmitzt.
Christian:"Guck amol, ieh hoab ne Skizze gemacht", zeigt sie ihm,"Titel: Eenboahnstroaße."
Maxe:"Wonderful!"
Christian:"Wanderful !"
Beide lachen wie doof.
Christian malt noch eine Skizze und kritzelt geschickt eene schwirige Graphik:"Guck amol: ne WanderRaute."
Maxe:"Wanderful!"
Christian mit skeptischem Blick zum Himmel:" eene stürmische Wolkenwanderung."

Maxe:"Sieht ja wild aus."
Christian wie Mutti warnend:"Da koann ma sich verwandern."
Beide lachen wie bleede.
Christian:""Ieh bin goanz verwandert ..."
Viele Leute steigen aus dem Bus,
Christian:"Guck amol ne Veelkerwanderung", holt Essen raus:"Ne KäseSchnitte, willste was?"
Maxe:"Oh ja."
Und so teilen sie sich die Schnitte.
Christian träumt:" Und jetze AbbernMauke, Oder Schlesischer Zwiebelkuchen!"
Maxe:"Och scheen! Oder Bratkartoffeln !"
Christian:"Bratkartoffeln! Herrlich!"
Maxe:"Wennste wüßtest, wie wir Wessis gän DDR und Bratkartoffeln gehetzt haben, .."
Christian:"Bratkartoffeln? Ihr Wessis habt gän Bratkartoffeln gehetzt?"
Maxe:"Nu freilich! Ein Symbol für Steinzeit. WessiHetze."
Christian:"Wessis. Nu äbn, damit se ihre Spagghettis vakoofen."
Maxe:"Und beim Wort BratkartoffelVerhältnis haommwa die DDR ausgelacht."
Christian:"BratkartoffelVerhältnis? Der Mann hott was zum Kuscheln, und die Froo will den Mann gerne bemuddeln. Ist ock scheen. Warum soll doas schlecht sein ?! Sisste ?!"

3.Dezember Petersplatz I.AdventsSonntag PapstBüro Früher Morgen:
Papst:"Für das Angelus spreche ich vom fruchtbaren Dialog mit den Muslimen bezüglich meines Besuchs in der Türkei. Der Advent klopft an die Tür eines jeden Menschen. Was sagt der Terminkalender?"
Gerson mit einem Bündel Papieren in der Hand gelegentlich ablesend:"auf italienisch grüßen: die Gläubigen aus Lodi, Santrovaso di Preganziol, Rieti, Ponte Pattoli und Rom." Papst abwinkend:"Da sind doch auch son paar Basketballspieler. Auf die freue ich mich."
Gerson verdutzt verkniffen in Papieren suchend, dann:" .. die Basketballmannschaft der Rollstuhlfahrer des Behindertensportverbandes aus Vicenza."
Papst wie beschenkt glücklich:"Sind se hier! Herrlich! Heute beginnen wir den Advent."

8.Dezember: Petersplatz PapstBüro FrüherMorgen Freitag:
Papst:"Das Angelus steht heute im Zeichen des Hochfestes der Unbefleckten Empfängnis der Jungfrau Maria. Ihr schönster Name ist das Griechische Original der Name , den Gott ihr gegeben hat: Die Begnadete das heißt griech. »kecharitoméne« ."
Gerson:"Später haben wir Gebet und Ehrung der Marienstatue auf dem Spanischen Platz."
Papst:"Oh Maria, Unbefleckte Jungfrau !"
Gerson:"Sollte man die Politik mit ins Spiel nehmen?"
Papst entrüstet:"Nein! Äh, ich mein: Ja! Denn: Nein zu Macht, Geld ,Vergnügungen, unehrliche Profite, Korruption, Heuchelei, Egoismus Gewalt, Nein zu allem Bösen, dem lügnerischen Fürsten dieser Welt, und Ja zu Christus. Gerson, wie können Sie daran zweifeln?!"
Gerson:"Wir veröffentlichen doch sowieso heute vorab die Ansprache zum 1.Januar."
Papst:"Na und?"

10.Dezember II.AdventsSonntag PapstBüro Früher Morgen:
Gerson kommt hereingeschneit, Gerson:"Wir fahren gleich nach Torrino."
Papst:"In meiner Predigt zur Weihe der neuen Kirche »Santa Maria, Stella dell'Evangelizzazione« wird der Advent die Basis sein."
Gerson:"Advent. Eine gute Zeit für die Einweihung einer neuen Kirche. Auf dem Petersplatz werden wir .."
Papst unterbricht barsch:"Werde ICH!"
Gerson:"Werden Sie den II.AdventsSonntag mit der Einweihung von »Maria, Stern der Evangelisierung« der neuen Römischen Kirche würzen."
Papst stutzt:"Was?"Muß grinsen, „Sie denken immer nur ans Essen. Ach und jetzt so Bayrische Leberknödel.." den Gedanken verscheuchend barsch sich wieder der Arbeit zuwendend," wie geht's weiter im Terminkalender?"
Gerson:"Nach dem Angelus sprechen Sie von Ihrer großen Sorge .."
Papst unterbrechend:"Das Stichwort: Naher Osten. Die Ereignisse im Nahen Osten, der stete Wechsel von Hoffnung und Spannungen Schwierigkeiten der Politik, die vorgibt, neue Gewalt zu legitimieren ."
Gerson:"Prächtig, äh prächtig formuliert."
Papst:" Besonders der Libanon, wo seit eh und jeh unterschiedlichste

Kulturen zusammenleben. Wir wollen eine Nation des »Dialogs und des Miteinanders« aufbauen vgl. Nachsynodales Apostolisches Schreiben Eine neue Hoffnung für den Libanon, 119. Gemäß der jüngsten Ereignisse teile ich die tiefe Besorgnis Seiner Seligkeit, Patriarch Kardinal Nasrallah Boutros Sfeir und der maronitischen Bischöfe, die sie im am vergangenen Mittwoch veröffentlichten Communiqué zum Ausdruck gebracht haben. Gemeinsam mit ihnen bitte ich die politischen Verantwortungsträger sowie ihre gesamte Libanesische Bevölkerung, mit beharrlichen und geduldigen Anstrengungen in ständigem vertrauensvollem Dialog das Wohl des Landes und die Eintracht der Bevölkerung und die Gläubigkeit an Gott als das Einende als Ziel zu sehen. Gerechte friedliche Lösungen des gesamten Nahen Ostens und besonders des Libanon mögen das Ziel der internationalen Gemeinschaft sein, ich fordere alle Beteiligten wie auch alle Bevölkerungsteile zum Gebet auf."

Gerson:"Auf Französisch die Begrüßung .."

Papst:".. der Gemeinschaft »Sant'Egidio« aus 21 afrikanischen Ländern, die zum Kongreß »Afrika wird die Hände nach Gott ausstrecken« in Rom sind. Vorbild für sie möge der Hl. Johannes der Täufer sein."

Vinzens kommt hereingepoltert, er bringt einen neuen Stapel Papier. Papst von der Störung nicht unangenehm beeindruckt, er atmet auf:"Ist das der Einlauf? Endlich!"

Vinzens grinsend:"Der Terminkalender."

Gerson:"Man müßte, ja man müßte ganz woanders hin."

Papst:"So ganz weit weg, wo einen niemand kennt."

13.Dezember: Mittwoch Generalaudienz PapstBüro FrüherMorgen:
Papst:"Für die Generalaudienz will ich heute von Paulus sprechen und seine 2 engsten Mitarbeiter Timotheus und Titus ins Rampenlicht stellen. Timotheus:
geboren in Lystra, Gökyurt in der Türkei, 200km von Tarsus, von Jüdischer Mutter und Heidnischem Vater, wahrscheinlich ein Grieche, Timotheus ist nicht beschnitten: läßt vermuten: Familie ist nicht strenggläubig."

Gerson:"Paulus läßt ihn für die Juden beschneiden."

Papst:":Tse, Wie wichtig für die Christen die Juden zu dieser Zeit noch waren. Titus: Grieche mit Lateinischem Namen, also Heide.Titus

ist der 2. große Apostelschüler von Paulus und begleitetet ihn zum Apostelkonzil nach Jerusalem."
14.Dezember Donnerstag Petersdom PapstBüro FrüherMorgen:
Papst:"Die Ansprache zu den Dozenten und Studenten der Römischen Unis halte ich am besten auf Englisch."
Gerson:"Eine globale Verkehrssprache und Geschäftssprache."
Papst flüsternd wie im Brevier lesend mit einem Bündel Papieren in der Hand:" Our Lady Star of Evangelization .. theme of the Eucharist. The Eucharistic mystery .. Jesus .. prism in the Eucharist .. penetrate .. reality .. present .. Holy Mass .. living memorial .. of .. his ..Pasch.. contemplation .. action .. pilgrimage .. to .. Assisi .. Mary .. became .. the .. Seat .. of .. Wisdom."

Berliner Straße 14.Dezember Donnerstag:
Beide begrüßen sich im Chor:"Hey Wandersgeselle!" und schütteln im Chor die Hände.
Christian:"Grieß dich Maxe!"
Maxe:"Grieß dich Christian!"
Christian:" Findstes nieh oo n bisl kühl hait?"
Maxe:" Is kalt." Berliner Straße. Hannel und Hagar kommen vorbei.
Maxe:" Oh guck amol, die Hannel !"
Hannel:"Grieß aich !"
Christian:"Oh guck amol die Hagar!"
Hagar:"Grieß aich!"
Alle Viere schütteln sich die Hände
Christian:"Nu, wie geht's?"
Hannel:"Frühmorgens tut mir meen Geränze weh ! Jetze geht's."
Christian:"Nu, gibt's ock Franz Branntwein. Mußte eenreiben, stinkt zwar n bisl, aba es wirkt."
Hagar:"Kalt isses. Wie gern wär ieh jetze wie ne Katz hinterm Ofen."
Christian:"Nu nu."
Hannel:"Eine Affenkälte ist doas. Doas wärs richtiche Wetter fürs Bettl."
Maxe:"Gell."
Hannel : Wieviel Gradusow hoamma denn?"
Alle lachen."
Christian:"Nu, so Null."
Hannel:"Mir hoamm Minus 2 Gradusow."

Hagar:"Soag amol Christian .."
Christian:" Christian."
Hagar:"Du mußt dich wärmer anziehen."
Christian:"Och, Frieren ist gesund. Hoab gerade meene Daunenjacke valegt."
Hannel:" Bei der Dürre!! Nur n Unterhemd!"
Christian zustimmend:"Nu nu. Aba in der Wettervorhersage vom MDR hoammse gesoagt, doaß .."
Hannel:"Bist du noo goanz jäcki ?!" Hannel lacht.
Christian stutzt, die Vier Leute lachen.
Hannel:"Du hast wohl was am Wirsing!"
Die Vier Leute lachen noch mehr.
Maxe:"Doas müßte ieh in eene Komposition eenbauen. Wirsing Gemüse für Intelligenz."
Hannel:"Na die Intelligenz der Männer kenne ieh", lacht.
Maxe lacht:"Ja die oo. Aba ma müßte. Wie soagt ma zu Erfindung Komposition?"
Hannel ernsthaft:"Eine ZusammenMährung."
Maxe schreit vor Lachen:"Eine ZusammenMährung! Was fürn Wort!"
Hagar:"Weeßte Christian, ma koanns oo übertreiben mit der Sparsamkeit."
Christian:" Ieh bin wurm genug angezogen."
Hannel:"Weeßte Christian, wenn ieh dich so säh, wie dünn du angezogen bist!", geht auf Christian los und prügelt ihn.
Christian erschrocken brüllt:" Uah!"
Hannel prügelnd:"Doas gibt Mische!", und prügelt weiter," Du hast zu wenig Ausarbeitung!" und prügelt weiter.
Christian brüllt weiter:"Uoah!"
Hannel hört mit Prügeln auf und hält Standpauke:" Do würd ieh dich zusammenscheißen, wenn du meen Lehrling wärst. Früher ieh als Chef soage zu dummem Lehrling : " Soag amol , bei dir brennt wohl der Kittel!?" Christian lacht noch mehr.
Hannel weiter:"Läuft bei dir s´Rädl im Dreck ?!"
Christian:"Och! Du mußt in OstSachsen geboren sejn." lacht laut:"Komm laß dich umarmen." Und Hannel und Christian umarmen sich.
Hannel:"Bei der Dürre so dünn angezogen! Du hast wohl was am Wirsing."

Christian:"Ieh hoab schon lang was am Wirsing."
Alle Viere lachen.
Hagar:"Du, doas sieht ma."
Christian:"Ma brooch sich nur heiße Gedanken machen. Ieh säh mich am Strand von Tahiti, eene unerträgliche Hitze ist doas. Mir läuft der Schweiß in die Arschritze."
Die Viere lachen.
Maxe:"Du, Christian, doas funktioniert ja tatsächlich!"
Hannel:"Guckt amol, ieh hoab uns n paar Schnitteln mit Läberworscht gemacht."
Christian entzückt:"Schnitteln mit Läberwurscht! Hurra! Doas Läbn ist scheen!"Alle große hungrige Augen. Und alle Viere machen sich über doas Essen her.
Die Vier Menschen strahlen herzhaft beim Essen:
Christian:"Da koann ma liegenbleiben!"
Hagar:"Doas iss riesig!"
Maxe:"Doas schmeckt!"
Hannel:"Kleine Stärkung. Mir schmeckts oo. Do bleibste liegen!"
Alle lachen.
Maxe:"Den Begriff kenn ieh nieh, Liegenbleiben haha."
Christian:"Bei guttem Essen soagt ma: Do bleibste liegen."
Maxe:"Doas schmeckt nach mehr! schmeckt sehr gut. Kleiner Sprachwissenschaftlicher Diskurs: Ma koann doasgleeche , wenn etwas ungenießbar ist, danne heeßts es schmeckt nach Meer. N Spruch von meener Oma aus Oberschlesien."
Alle Viere lachen.

Sie spazieren auf der Berliner Straße, die öde eene gewisse weihnachtliche Romantik ausstrahlt.

Christian:"Was ziehstn sone Floappe. Paß uf, doas de keene Maulsperre krischst, so viel, wie du laberst."
Maxe:"Würdste mir was pumpn?"
Christian:"Näh! Do hoab ieh zu viel gutte Erfahrungen mit den Menschen gemacht. Sich oabrackern, doas verdiente Geld verleihen, Fraindin will Monatskarte kaufen, inna Woch druf säh iehse mitm naien Fraind."
Maxe:"Sejnn die ock so bleede. BusAnsage Haltestelle erst NACH der WegeGabelung, anstatt vorher wie es logisch gewäsn wär. Oach, sejnn

die bleede. Für wie bleede müssen die die Urloober halten, wenn se us Vasähn amol n Bus benutzen."
Christian:"Aba mitn Gerrlitzern koann mas ja machen."
Hagar:"Valeichte sullt ma sich amol beschwern, weil ses nimma merken?"
Hannel:""Mitm Spenden merkens ses schon lang nimma."
Christian:" Nu nu, Spenden. Nu heer uf! Tsunami, alle hamse gespendet, und danne ist Viel von dem Geld gor nieh bei den Bedürftigen angekommen."
Maxe:"Gell. Zuerst soan se, der Rote Halbmond hätte viel Geld verschleudert, Nu, doas Rote Kreuz ist oo bekoannt für sowas. Aba in Wahrheit sejnn es die Beheerden vor Ort in den Katastrophengebieten, die keene Transparenz bieten, zusammen mit eenigen Privaten SpendenFirmen hier in Daitschland, die sich pletzlich als Briefkastenfirma erweisen."
Hannel:"Ist ock Betrug sowas. Wieso spenden die Leute danne immer wieder?"
Christian:" Schwindel und Propaganda tun die letzten Kreeten us den Rentnern vorm Farnsähr ausn Rippen leiern. Die Amis mit Katrina tun kee Geld hoamm, und jetze solln die HitlerDaitschen helfen. Der angebliche UsBankenskandal war nischt als een Trick, die dummen Daitschen dazu zubringen, doas marode UsaWirtschaftsSystem zu retten. Und mir bedanken uns oo noo dafir. Sowas hotts beim Ärich nieh gegäbn. Ach, doas waren noo Zeiten. Ärich Honecker. Do hotten mir noo Vorbilder."
Hannel:"Angela Davis."
Maxe:" Woas?"
Hannel:"Angela Davis bei den X.Weltfestspielen der Jugend und Studenten im Sommer 1973 in der Deutschen Hauptstadt Berlin."
Christian:" Nu nu. Angela Davis. Nu nu, die war gegen Usa in Vietnam. Die kennen mir alle. Stargast ist sie in Berlin zusammen mit Yassir Arafat."
Maxe:"Woas? Drüben in der BRD hott ma ihn immer mit der Münchner Geiselnahme 1972 verbunden und es der Beveelkerung eengehämmert. Seit München 72 gilt „Palästinenser" als doas schlimmste Schimpfwort der BRDsprache, doas heeßt „Untermenschen".
Christian: "Nee. Der Arafat?"
Hannel: "Arafat und Angela Davis, Beede hamse in Berlin

gesprochen."
Christian: "Nu nu. Januar 1973 Pariser Abkommen .."
Hannel:"Nu nu : USTruppen raus aus Vietnam."
Christian:"Da hotten mir noo Salvador Allende, demokratisch gewählter Staatschef von Chile. Weltfestspiele der Jugend und Studenten 1973. Doas war besser als ne Papstaudienz. Die goanze Welt war zu Gast. Millionen!"
Maxe:"Millionen? Mir in BRD ham nischt gesähn. Do war ieh 8 Jahre alt. Schon zu der Zeit hoab ieh n goanzen Tag vor der Glotze vabracht. Mir hoamm nischt gesähn."
Christian:"10.Weltfestspiele, dieses Ereignis geht in die Epoche een!"
Maxe:" "Nischt hoamma gesähn. InformationsSperre. Mauer. oo in allen Jahren bis zur Wende 1990. Nischt. InformationsMauer der BRD gän DDR. InformationsMauer der BRD gän Frankreich. BRD schottet sich ab und erzieht ihre Kinder. DDR, und sei es unsere eegenen Familien, die durch die Mauer getrennt sejnn, DDR ist sowas von primitiv: lächerlich, armselig, bringen nischt zustande. Doas hoamm mir gelernt."
Christian:"Doas bestätigt meene Vermutung, Doaß die Mauer nieh etwa der DDR gennutzt hott, sondern der BRD."
Maxe:"BRD hott die Mauer oo nach Frankreich hochgezogen. Nischt bekam ma mit, was in Frankreich vorging. Und so is es bis zur Wende geblieben und so ist es bis heute geblieben. Wenn ma nach Frankreich fährt, ist es als wär ma auf eenem anderen Stern. Guck amol: Mir sejnn Nachbarn: Aba .."
Christian:"Nu nu. Wo ist denn die Franzeesische Popmusik? Sisste? Do hoabt ihr drüben selber ne Mauer gebaut. Und heute müllt ihr uns mit
AmiDuddel voll, als wärs die eenzige Musik in der Welt. Doas ist Terror. Ieh koann die AmiDuddel nimma heern."
Hagar:"Was soll oo die Musik, wenn ma nischt zu feirn hott. Ieh hoab ne Ausbildung. Aba ieh bin orbejtslos."
Die andern im Chor:"Nu, wie Mir."
Hagar:"Ufm Orbejtsamt soan se mir, doaß ieh eefach nach drüben ziehen soll. Orbejtslos. Doas ist schlimm für mich."
Hannel:"Orbejtslos ist gernausoviel wert wie Orbejtshott. Sei nieh traurig. Aba mach dir Eens klor: Du bist goanz genauso viel wert wie jemand, der Orbejt hott."
Hagar strahlt.

Christian:"Nu nu, so gefällste mir schon besser. Scheiß auf den Staat!"
Hagar:"Obs d Nerkel s jetze scheen gemittlich hott?"
Christian:"Während se ihre Soldaten in de Welt rumschickt als WeltPolizei."
Hagar:"Ihre Soldaten ist gutt."
Hannel:"Nu nu. 1992 hamwa alle Angst gehoabt, in was fürn Krieg uns die ZDU reingeführt hott."
Maxe:"Gell. Später hamse zugegebn, doaß es bluß aus Versähn war. Aba rückgängig koann ma leider nischt mehr machen."
Christian:"Kadavergehorsam. Dabei sejnns Seeldner, BerufsSoldaten , ausschließlich Leute die unbedingt freiwillig zur Front im Auslandseinsatz wollen. Und uns vakooft ma die Daitsche Bundeswehr als Friedensstifter in der Welt."
Hagar:"Doas hätt können sich Hitler nieh scheener arträumen."
Christian:"Ab der Wende hoamm mir den Frieden in der Welt."
Hagar:"Jesus Christus fängt bei der ZDU 1990 an."
Christian:"Der Vabrecher Helmut Kohl als der Heiland. Und heute sollen mir oo noo applaudieren und denen ihre Kriege bejubeln."
Maxe:".. und ihre Kriege mit unseren Staiergeldern bezahlen. Mir gäbn ständig unser Ja zu diesen Kriegen. Merkel, diese Kriegsgeile Votze ! Sie ist eene Froo des Krieges."
Christian:"Aba sie is ock Eene von uns und ne Tochter von nem Pastor."
Maxe: "Doas hott nischt zu bedeuten. Jimy Carter ist sogor Pastor gewäsn."
Hagar:"Nu, wie koann ma so Eene oo Politik und Krieg machen lassen."
Christian:"Bei ihr hott doas Aphrodisiakum nieh angeschlagen. Sie wirkt auf mich wie ausgekotzt."
Maxe:"Die Evangelische Kerche hotts besser als mir Katholiken."
Christian:"Ieh bin nieh katholisch."
Hannel:"Ieh oo nieh."
Hagar:"Ieh oo nieh."
Maxe:" Eene Pastorin ist bei denen normol. Meene Katholische Kerche scheen und gutt. Aba Pfarrerin gibt's nieh, doas ist een Makel an der Katholischen Kerche."
Christian: "Nu nu, wär ock scheen für die Katholische Kerche, wenn sich die Männer bei ner Froo ausheulen könnten."
Hannel:"Für die Froon ist doas oo zum Heulen. Geschichte der

TextilIndustrie Ausstellung sollten sie schon längst amol machen, damit die Leute sähn, was mir geschuftet hoamm. Ieh gloob die wolln jetze endlich ne Ausstellung machen."
Hagar:"Nu nu. Steht jetze im Schläsischen Kurier."
Hannel:"Wollen sie im Dom Kultury Ruhmeshalle machen, warum nieh hier in Gerrlitz! sejnn die bescheuert?"
Hagar:"Nu nu."
Christian:"Sollen wohl meeglichst wenig Daitsche und wenig Urloober sähn. Sondern nur die Polen. Wiese unsere Wirtschaft an den Westen verscherbeln."
Hagar:"Und danne kommt die Mauschelei an den Tag. Und do wern se pletzlich alle freigesprochen."
Christian:"Warum sollten die Mächtigen der Oberlausitz sich selbst ins Gefängnis sperren. Doas machen die bestimmt nieh von selbst."
Hannel:"Doas koannste wissen."
Maxe:"Etwas, was die Evangölischen und d Katholiken nieh hoamm, doas sejnn die Marterl wie in Bayern."
Christian:" Du, Ieh denk die Sorben hoamm oo sowas."
Hagar:"Die Sorben und die Bayern sejnn äbn richtiche Christen."
Christian: "Heute fangen se an, von der schlimmen Abwanderung zu sprechen. Dabei hoamm sie die Abwanderung verursacht."
Hannel stolz:"Ab 1970 gab es die Initiative Berlin: Junge Leute nach Berlin, 5.000 bis 10.000 Abwanderung nach Berlin, um die Hauptstadt aufzubauen, Bauarbeiter."
Maxe:" 1950 hott Gerrlitz 102.000 Einwohner. Und heute? 57.000?"
Christian:"Wie se seit der Wende Gerrlitz verschandeln."
Hagar:"Eine Schande für Gerrlitz ist doas Weinberghaus. Dabei ist doas Weinberghaus een Kennzeichen von Gerrlitz."
Hannel:"Na scheinbar wills d ZDU seit 1990 . ZDU ist gän Tradition. Doas gleeche mit der Stadthalle."
Christian: " Nee, noo viel mehr. Doas is ja überhoopt doas greeßte Stück mit diesem Palast, wie se ne Ruine drausgemacht hoamm. Und der Stadthallengarten, in der warmen Jahrezeit ist der voll gewäsn."
Maxe:" "ZDU heißt Wüste für die DDR.
Christian: "Da müsts ock n Investor gäbn unter den lieben Millionären."
Hagar:"Heer uf! Doaß sie bei ihrem eegenen AusbeuterSystem doas Geld absichtlich in den Sand stecken?"
Hannel:""Doas goanze Gelaber im Stadtrat oalles nur

Oogenwischerei."

Christian: "Aba doas geht ja weiter: Öffentliche WCs ist ne Schande in Gerrlitz. Kiosk WC Wilhelmsplatz Öffnungszeiten nur wenn Kiosk offen. Frühmorgens und abends und am Wochenende derfen Mann und Froo ins Gebüsch scheißen. Ieh sprech aus Erfahrung."

Hagar:"Ieh oo ! Nu, damit iss Gerrlitz berühmt."

Christian:"Momang ! Kiosk bringt mich ufne Idee: Ieh hoab Hunger."

Maxe:"Mir hoamm Advent, doas ist die Fraide auf doas gutte Essen."

Christian:"Herrlich: 1. Feiertag: Karnickel, ieh frai mich schon druf."

Hannel:"Advent DDR FensterschmuckBeleuchtung ALLE . Heute 1 von 100, heute BRD Wende Scheiß, früher hott nur so geblinkt und gestrahlt in JEDER Wohnung und HEUTE."

Christian: "Nu nu? Die Leute hoamm keen Geld mehr für so was UnNützes. Die Religion ist unnütz geworden. Jetze hoamm se ihre Freiheit."

Hannel:"Weihnachten is lecker: Bratwurscht mit Zitrone an Heiligabend."

Christian: "Heiligabend. Lecker: Weihnachten. Und mittags gibt's Eintopf ArmeLeutessen, is ja noo nieh richtich Weihnachten, Eintopf mit Brühnudeln, Mischgemüse, bisl Stückchen Rindfleisch."

Hannel:"Doas koann ma oo n Tach vorher kochen."

Christian begeistert:" Und Vor der Bescherung Bratwurst mit Zitrone, mit Sauerkraut. Herrlich!", Christian mit AchteSchulmeisterfinger:" Und doas Wichtigste: mit richticher Abbernmauke! am 1. Feiertag: Kaninchen doas Schlesische Nationalgericht hier!"

Maxe:"Bei uns im RheinMainGebiet hotts immer nur Pute oder Gans gegän."

Die Vier kommen zum Obermarkt, der frühere LeninPlatz, und wandern zur Brüderstraße.

Hannel:"Hier weht der Wind wie im Westerwald."

Christian:" Und wißt ihr noo : D Kuhl, macht er ne Ansprache vom letzten Jahr."

Hannel:""Ieh denk, der hott Eenen mitloofen."

Die Vier lachen herzhaft.

Hagar:"Typisch überstrapaziert."

Christian:"Nu äbn. Eener von drüben."

Maxe:"Der ist Katholik."

Christian:"Na und? Doas soagt ar nur."

Hannel:"Doas ist oalles komuliziert."
Christian:"Die Vasprechungen der Wessis hoamm alle niscnt getoogt. Und trotzdem wählense d EinheitsPartei. Kennen mich alle am Arsch ..",
kratzt sich am Hintern.
Die Viere lachen.
Christian:" .., an der Kimme kratzen ‚die Daitsche Sprache Herrlich!"
Hannel nickt grinsend:"An der Kimme, An der Schniedelkimme!"
und gröhlt.
Die Männer stutzen und gucken unwillkürlich auf ihren Hosenlatz.
Hannel schwärmt:"Rosengold, Die Band aus Bautzen. Scheene Musik!"
Christian: "Nu nu. Herrlich! Do hoamma endlich amol was Eegenes uf die Beene gestellt", holt sich Zigaretten aus der Jackentasche;"Nu, wolln mer eene quarzen?"
Hagar:"Ieh nieh, doas weeßte ock."
Große Zustimmung jedoch von Hannel und Maxe. Drei von Vier rauchen genüßlich auf der Berliner Straße bei Minusgraden.
Christian:"Und jetze n kleenes Käffl. Och, doas würde mir die richtiche Balanx wiedergäbn. Und der Mehlbrot. Dieses Rindvieh. Doaß se den Mafiosi noo nieh abserviert hoamm."
Hannel:"Der hottn kleenen Dallas."
Maxe:" Aba der is ock unsa Landesvater."
Christian: "Gewast. Mehlbrot Landesvater. Der baut schon jetze an semm Abgang."
Die Vier wandern in die Brüderstraße rein zum Untermarkt:
Christian:"Das berühmteste Gebäude von Gerrlitz! Kaiser und Könige hoamm hier übernachtet. Der „Schönhof" Jugendherberge! Jetze Schlesisches Museum. Antiquitätengeschäft machense oo uf. Eene Stadt fir die Toten. Mehlbrot."
Hagar:"Hott n schlechtes Image."
Christian:" Mehlbrot. Doa wird mir übel. Nu, mir hoamm unsern Wanderverein."
Maxe:" Ha? Momang, Christian! Die haitige Daitsche Sprache hat viele rassistischsexistische Vokabeln: Nähm bluß „Gespielin" eines Mannes, dagegen gibt es „der Gespiele" einer Frau nicht. Ein extrem rassistisches Wort der Daitschen Sprache ist „ Wandererin", doas Wort bedeutet: weiblicher Mensch, der wandert, also schon amol Maskulinum. Und danne, hoabt ihr dieses Wort schon eenmol

versucht, über eure Zunge zu kriegen? Nee? Ieh oo nieh. Dieses Wort findet im Daitschen Sprachgebrooch Keene Anwendung. Doas heißt wiederum HitlerMassenpsychologisch: Wandernde Froon gibt es nieh."

Hannel:""Ein Fehler in der Daitschen Sprache."

Hagar:"Nu seh doas ock nieh goanz so drastisch. Ma soat eefach ..., ma soat eefach..., eene Froo, die wandert."

Maxe:" Frauenhaß ist Rassismus."

Christian stutzt:" Frauenhaß? Haite? In Daitschland? Zum Glück hoamm mir unsere Lausitzer Wandergruppe "Wolfsgeheul". Hoab ieh ock nailich n Jobangebot im Käseblatt vom Orbejtsamt gesähn: 1EuroJob Praktikum Mount Everest Reiseleitermäßig."

Maxe begeistert:"Doas wär ja herrlich!"

Christian:"Mir schicken die goanza Reisegruppe nuf, und mir bequäm mit Heißluftballon hoch und gäbn Anweisungen." Alle lachen.

BULLYWUDD EINSPIELUNG TANZEINLAGE

Christian:.. fällt Schildkröte vom Himmel und behauptet, sie wäre Gott:

Terry Pratchet: Eefach Göttlich, Small Gods ."

Blitz und Donner, volles Gewitter fängt an aus heiterem Himmel.

Christian:"Im Himmel ist Jahrmarkt."

Hannel:" Do is was los!, Buntes Treiben !"

Christian:"Wie im Reichstag! Die Politiker links liegen lassen, sonst macht ma sich nur varickt."

Hagar:"Aba es wird oalles tairer. Ma koann sich nur von Sonderangeboten ernähren."

Christian:"Nu nu. Die feinen Pinkel die gähn ins Restaurant. Und die WessiUrloober, die erfahren reen gor nischt von ihrem Schlesischen Gerrlitz von heute."

Hannel:" Bei Kerfuhr gibt's dies und doas, vieles billiger als hier. Aba soll ma mit dem Bus fahren? EuroStadtBus 2 Euro hin 2 Euro zurück, Do isses hier im Ildi aba ock billiger."

Christian:"Unverschämtheit sowas. Doas ist oalles ufm Mist von der ZDU gewachsen. Weihnachtszeit."

Hannel:"Es geht oalles seinen sozialistischen Gang."

Christian:"Was hoamma denn von der Vereinigung? Is doas ne Dürre! Kommt laßt uns ins Café Beaufuse gähn, doas ist meen Büro."

Hannel:"Doas Läbn ist nieh freudlos."

Christian:"Mir kennen ja jetze verspern."

Hagar:" Nu nu. Hunger hätt ieh oo."
Hannel:"Au ja. Doas machen mir!"
Maxe:"Aba doas kost ock was, oder? Hamse verleiche Rämftl gratis? Verleichte sogor geschenkt? Ach wurschtegal!"

Und alle rein, nehmen Platz. Christian wendet sich um und ruft zur Theke, hinter der sich die Küche mit der Musikanlage befindet:" Mach ock amol die Duddel lauter! Kommt grad n guttes Lied!"
Die Vier wärmen sich auf.
Christian:"Politiker. Wie se noochm Posten jechn, damit se ihre Legislaturperiode absitzen wie de Schwerverbrecher. Fritze, nieh so rummähren in der Küche. Menn Nubber hott neilich .."
Hannel brüllt zur Küche:" Wirtschaft vier Bier!"
Alle lachen
Christian:"Wollt ihr Stollen?"
Hannel:"Weihnachten. Frau kriegt Kind. Geburtsvorgang. Stattdessen kommt im Krippenspiel Baby sauber in Windeln zur Welt, als würde sich die Frau bei der Geburt gar nicht anstrengen."
Christian:"Nu nu. So was von unrealistisch!"
Fritze ruft von Küche:"Mir hoamm jäde Menge Stollen .. Uf den Weg gebracht. Soat de Nerkel imma."
Alle lachen.
Maxe:"De Nerkel iss nischt als n Flintenweib."
Christian brüllt zur Küche:"Fritze! Haste oo Senfei?", und entschuldigend kopfschüttelnd leise zu den andern:"N Knast hoab ieh!"
Hannel, Maxe, Hagar:"Nu nu."
Von der Küche hört man GeschirrKlappern.
Fritze brüllt:"Weibsen und Männl? Kundschaft? Sie meechten a bisl Geduld hoamm."
Christian:"Beim Fritze krigstne Wampe."
Maxe:"Herrlich. Trockene warme Bude!"
Christian: "Ach ist doas scheen wurm hier."
Hannel:"Och guckt amol doas Modtel. Die ziehts oo ins Wurme."
Kellner guckt um die Ecke und eilt beflissen zu den Gästen.
Christian:"Do kummte Fritze im Trab. Grieß dich Fritze! Doas Iebliche, n MilchKaffee. Und was trinkt ihr?"
Hannel:"Heiße Schokolade."
Maxe:" Tee."

Hagar:" N Grünen Tee bitte."
Alle Viere haben was Warmes zu trinken.
Hannel:"Moppsel, denn Tee duftet so. Gibst du mir oo amol n Hieb?"
Maxe:"Och krieg ieh oo was von denner Schokolade?"
Hagar:"Christian, denn Milchkaffee duftet so verführerisch."
Christian:"Nimm nur. Mir mähren oalles zusammen wie im Sozialismus. Kenn iehn Witz: soagt de Oma zum Enkel:" Kennst du Gerhard Hauptmann? Schon woas von ihm geläsn?", Enkel:" Nee, nur von Gerhard Schröder."Alle Viere lachen herzhaft laut durchs goanze Beafuse. Jetzt ist ihnen plötzlich kuschelig warm.
Hannel:"Du soag amol, Do is ja n kleener Piepmatz im Vogelbauer", springt auf und begrüßt doas Vögelchen auf der Theke.
Christian:" Nu nu. Kleener Frecher, der heißt Pipi. Wie Pipi Langstrumpf."
Hannel begeistert:"Och ist der niedlich." kommt zurück an den Tisch. Musik trällert aus dem Küchenradio.
Christian:"Radio Lausich, koann ma ja nimma mitanheern."
Maxe:" "Nur IsraelUsapopmusik, aba mir lieben Palästina. Mit 15, 1980, hoab ieh in BRD festgestellt: Doas Radio koann ieh nimma anmachen: es kommt nur Scheiße."
Hagar:"Ist Geschmacksache. Darüber koann ma nieh streiten."
Hannel:"Aba Musik ist gutt. Also mir gefällt Radio Lausich. Musik ist een regelrechtes Heilmittel für die Seele."
Christian:"Nu nu, Heut koann ma nur noo Jelokep heeren,..., und woas hoamm mer früher oalles gehoabt!"
Und Christian und Hannel wechseln sich ab. Maxe und Hagar staunen nur unfaßlich:
Christian:"Kessel Buntes zum Beispiel."
Hannel:"Omega, aus Ungarn, von Polen geholt."
Christian:"Marmelades, Tremolos, Rubetts, ab 70 Grenze offen."
Hannel:"City DDR Rockmusik 73, immer noo gutte gleeche Musik."
Christian:"Über 7 Brücken mußt du gähn Karat Copyright."
Hannel:"Puhdys, U2, Omega, Rote Gitarren, Zsusha Konz ."
Christian:"Spewel und Hurwinek."
Hannel:"Jirschi Korn, n schlanker Blonder."
Christian:"Nu nu."
Hannel:"Aba zu albern!"
Christian:"Nu nu."
Hannel:"Karel Gott."

Christian singt Melodie vom Zeichentrickfilm:"Maja, Maja, dideldideldidideldi.."
Maxe:"Karel Gott? Aba mir Wessis sejnn mit däm ufjewachsen?! Der war ock nur bei uns! Sowas gibt's ock gor nieh!"
Hannel:"Nee. Karel Gott, und und und, ja die waren alle bei uns. Sogor Abba war bei uns in Ungarn. Doas Konzert wurde im Farnsiehn übertragen."
Christian:"Doas weeß ja sogor ieh. Un den AbbaFilm, der kam oo im Farnsiehn."
Maxe:"Woas?! Der AbbaFilm oo?! Aba doas ist .. Doas ist ja unglooblich. Mir Wessis hoamm gedacht, ihr DDRler hoabt gor keene Musik."
Christian stolz:"Dean Reed, Folksänger und FilmSchauspieler aus Usa. Der hott in der DDR gelebt. Doller Kerl. Und doas Gewissen der DDR."
Maxe:"Dean Reed? Kenn ieh nieh."
Christian:"Nu Dean Reed, mußt ock kenn! Der iss ock weltberühmt! Denn Ami mißta ock drüben oo gekannt hoamm. USAmerikaner."
Maxe:"Woas?! UsAmerikaner?! Doas gibt's ock nieh."
Christian:"Nu nu. Mir hoamm oo Amis gehoabt."
Maxe:"Mir hoamm nur Alice Cooper gehoabt. Doller Kerl. Und doas Gewissen der Usa", kratzt sich am Hinterkopf," und inna Grundschule sejnn mir nachts ufjeblieben für die Boxkämpfe, nachts 2.30Uhr oder 4.00Uhr, Joe Frazier, Muhammad Ali. Nu, doas hoabt ihr sicher nieh im Farnsiehn gehoabt.
Christian:" Freilich hoamma doas gehoabt. Übertrojn hoammses, de janze DDR war do vorm Farnsähr!"
Maxe:"Woas?! Doas koann ock nieh wuhr sejn!"
Christian:"Mir hoamm oalles gehoabt."
Und wieder wechseln sich Hannel und Christian ab:
Hannel:"Und die Schauspieler in Kino und Farnsiehn: Fred Delmare."
Christian:"Agnes Kraus mit Berliner Schnauze, ne liebe Einfühlsame, Helga Hahnemann oo mit Berliner Schnauze, Sängerin, was die oalles gesungen hott, mir sejnn damit groß geworden, Unterhaltung, Schauspielerin in unzähligen Sketchen, Kabarett."
Maxe:"Berliner Schanuze? Drüben denkt ma, Berliner Schnauze gibt's nur im Westen."
Mit Verachtung Christian und Hannel im Chor:"Pah!"

Maxe:"Und so Volksmusik Volkstümliche Unterhaltung. Mir hoamm in Hessen dafür doas SchlappMaul Heinz Schenk gehoabt."
Hannel:"Na Mensch, den Oberhofer Bauernmarkt."
Maxe:"Woas?! Ihr hoabt sowas oo gehoabt? Doas gibt's ock nieh!"
Christian:" Und die Schauspieler erst, Du, do gibt's viele, na die gutte Marita Beehme und freilich die Marianne Wünscher, die zwee hoamm mir am besten gefallen, die Marianne Wünscher war die Beste hähä! 110 Polizeiruf, doas Unsichtbare Visier, besser als Derrick."
Hannel:"Jacky Schwarz."
Christian:" Renate Blume, die Froo von Dean Reed. Und er selbst."
Hannel:"Dean Reed. Den hoamm mir alle geliebt. Gegen Usa in Vietnam."
Christian:"Nu nu. Der hott gegen Vietnam gekämpft. Als Folksänger."
Maxe:"Wie Joan Baez."
Christian:"Kenn ieh nieh. Nu, wie Angela Davis. Und damits mir heute gutt geht, heer ieh äben keen Radio."
Hagar:"Geschmäcker sejnn äbn verschieden."
Maxe:"Aba Comics. Hoabt ihr überhoopt Comics gehoabt in der DDR?
Sowas gabs ock gor nieh bei aich."
Christian:"Ach woher denn! Asterix und Obelix hotts schon immer gegäbn."
Maxe:"Woas? Ihr Ossis hoabt Asterix und Obelix gehoabt? Uns hott ma immer erzählt, doaß ihr reen gor nischt hoabt. Ieh fasse es nieh, wie ma uns angelogen hott."
Hannel:"Frechheit, doaß ihr doas über uns verbreitet hoabt !"
Christian:"Wessis äbn. Die kennen selber nischt, gähn von eener Wirtschaftskrise in die andere, aba uns erzählnse, doaß mir überhoopt nischt schaffen. Eene Ungerechtigkeit ist doas in der Welt. BRD arrogant, nischt weiter. Und AtomBomben. Wieviel hoabt ihr auf uns gerichtet gehoabt? Maxe, du hast doas ock studiert."
Maxe:" Ieh weeß nur, doaß im HeimatKaff von Harald Schmidt AtomBomben unserer Amerikanischen Frainde auf DDR und Sowjetunion gerichtet waren. ´Begrenzter Atomkrieg´. Ja, sowas hott ma tatsächlich im Westen gesoagt."
Christian:"Als wär der Atomkrieg 1945 noo nieh genug gewäsn!"
Hagar:"Asterix und Obelix zeegen: Die Reemer sejn dumm."
Maxe:" Doas hoam mir sogor im Lateinunterricht gelernt äh geläsn."
Christian:"Eefach Herrlich. Und jetze Schwatzeneger als

Außerirdischer ! Geil.", ruft zur Küche:"Aba soag amol Fritze, wo bleebtn doas Essa?", und wieder zu den Kollegen: "Ieh frai mich ufs Mittagsessen an Heiligabend : Brühnudeln, Herrlich! Und Abendbrot Heiligabend .."
Christian und Hannel im Chor:"Bratworscht mit Zitrone!"
Christian:" .. und freilich: Abbernmauke. Herrlich!"
Hagar:"MohKließl und Karpfen !"
Maxe:"Mir ham drüben immer nur Bratwurscht mit Semf gehoabt."
Christian:"Und goanz sicher werde ieh nieh an diesem WeihnachtsScheiß teilnehmen. Dafür werde ieh uswandern, wenns sejn muß."
Alle lachen.
Maxe übermütig:"Ieh oo. Und mir treffa uns in Rom."
Alle lachen.
Christian:"Goanz scheen knifflig wär die Frage der Flucht."
Hagar:"Flucht ist keene Leesung."
Christian:"Was bleebt eem anders übrig?!"
Maxe:"Nu, ieh bin zu jeder Schandtat bereit"
Christian:"Für Frieden und Sozialismus ! Seid bereit !"
Hannel:"Immer bereit!"
Christian:"Gott sei Dank ist der Papst in Rom."
Hannel:"Es geht oalles seinen sozialistischen Gang."
Christian:"Ieh nailich zum Aamt. Iss son jungscher Stiesel für mich zuständig. Soagta: N 1EuroJob hätt er für mich. Na, Wer orbejten will, kriegt oo Orbejt. Der Arsch! Muß aba zu ner Kollegin. Ieh bin ja immer n Feind des Systems gewäsn."
Hagar:"Nu äbn !"
Christian: "Iche dotte hin zu der Trulla, Tussi vom Aamt weeß ieh !? Do iss doas ne SED-Schlampe, Stasi Drecksau, Die Kommunistensäue, alte Schlampe!"
Christian platzt vor Wut.
Hannel:"Die Froo hott sich´n Loch in´ Arsch gefreut ! Weeß mar ock. Also ieh hoab keene schlechte Erfahrung mit der SED gemacht. Im AAmt SED Kreisleitung Ackermann, 1990 alle gutte beste Posten gekriegt. Nu, doas weeß mar ock."
Christian:"Ma müßte diesen Staat amol auf Vordermann bringen. SED-Leute hoamm Job im Aamt ! Diese Wendehälse! Dieses Pack! Do sejnn noo Rechnungen offen !"
Christian niest.

Hannel lacht:" Nu, doas koannste beniesen."
Maxe kramt Döschen hervor, reicht es Christian:"Schlesischer Schnupftabak. Do geht's nooamol so gutt."
Beide Männer nehmen sich ne Prise, Hannel und Hagar lehnen sich angewidert ab, beide Männer niesen.
Christian und Maxe im Chor:"Ieh will glei nooamol," sich Prise auf die Händ streuend.
Hannel zu Maxe:"Wenn du damit rumdallst, gibt's ufde Finger."
Hagar zu Christian:"Du bist goanz scheen ungezogen. Do kriegste nischt vom Weihnachtsmann."
Christian:"Ieh gloob ock nieh an den Weihnachtsmann."
Maxe:" Ieh gloob an den Weihnachtsmann. Die Intellektuellen machen sich was vor. Ieh geh amol Händewaschen. Ieh bin Psycho."
Hannel:""Och, Maxe, du und denne Wasserspielchen!" Maxe zurück.
Hagar:"Mit Weihnachtsschmuck ist ock doas Erzgebirge goanz stark."
Hannel:"Adventskreuz an der Decke wie Kronleuchter, doas ist OstErzgebirge, mit Lametta oo Kugeln oder und Glocken im Gebirge."
Christian:" In Gerrlitz ist doas nieh goanz so wild."
Maxe:" Adventsleuchter gibt's in Gerrlitz seit 1850. Adventskranz ist Typisch Norddaitsch und kam erst nach 1920 nach Schlesien."
Hannel:""Scheen sejnn die RaacherMannel, RäucherMännl, manchmol in Form eenes Wichtel, eenes Zwerges."
Christian:" Nu nu. D kleen WichtelMännl."
Hagar:"Zwerge gibt's nur in den Bergregionen. Doas hott mit dem Bergbau zu tun."
Christian:"Nu nu, überall, wo es Bergbau gab: Erzgebirge, Riesengebirge, scheen wenn die Tradition hochgehalten wird. Vor allem danne, wenn se eenem pletzlich genommen wird."
Hagar:"Tradition hoab ieh früher immer bleede gefunden", lacht, „Eegentlich finde ieh doas oo noo heute."
Alle Viere lachen.
Christian:"Tradition, do tun die Politiker pletzlich Politik drus machen, doas heeßt Lügen. Deswegen koann ieh Tradition nieh leiden, issn Kulturgut. Wie die Literatur. Nur, wennse hier alle abwandern tun, danne gibt's oo immer weniger Menschen für die Tradition."
Maxe:"Tradition koann schlecht sejn. Zum Beispiel gibt es in der Literatur, ja in der gesamten daitschen Sprache doas Wort

„Mädchen". Rassismus wird seit 1970 und erst recht seit 1989 besonders in den BRDMedien gepflegt. Also wenn ieh heere „doas Mädchen", doas ist Neutrum, als mensch, männlich oder weiblich heert dieses etwas auf zu existieren, ieh koann es nieh wahrnehmen, wenn es Neutrum ist. Psycho mit Brechstange. Gehirnwäsche. Wenn ieh Diktator wäre, würde ieh per Dekret verfügen, doas NeutrumWort Mädchen durch Maid een FemininumWort zu ersetzen."
Hannel:" Doas Mädchen ist für mich Femininum. Doas Mädchen macht igrgendwas, und danne tut sie dies oder jenes. Also für mich iss daos keen Problem."
Maxe:" Sisste. Du merkts nimma."
Hagar:" Doas Mädchen, iss ock niedlich. Ieh hoab keen Problem damit."
Maxe:" Alle Froon in BRD merkens nimma. Alle beugen sich vor dem Diktat."
Christian:"Im Diktat hoab ieh immer Fümfen geschrieben."
Maxe:"" Sisste, Du oo!"
Christian:" Mit Psycho hoab iehs nieh so."
Hagar:" Ja Du bist goanz eefach gestrickt. So Männer sejnn heute schwer zu finden."
Christian:"Jetze heer aba uff!"
Hannel:"Du, de Christian schämt sich."
Hagar:"Nej, doas muß dir amol bewußt wern."
Christian:"Haa? Nu jetze."
Maxe:" Was mich an diesem goanzen WeihnanchtsFirlefanz erschreckt, ist die gewollte Verblendung oder Blindheit oder LügenPropaganda mancher Christlicher Daitschsprachiger Froonzeitschriften. In Widerlegung besseren Wissens der Internationalen Forschung aba dafür mittels des heutigen Staats Israel in sennen heutigen Grenzen seit der Steinzeit am besten plus SinaiiHalbinsel, prädigen die die Hypothese Jüdischer Kultur in Palästina zur Zeit von Jesus Christus, 100% der Beveelkerung seien Juden, und im gleechen Zug als Christliches Unentbehrliches Bewußtsein, während die Philister, doas heutige Palästinensische Volk, nieh mit eenem Wort oo nur erwähnt sondern geleugnet werden."
Christian:" Nu, do gibt's ja die Philister bei Jesus. Aba was für Veelker?"
Maxe:"" Ma leugnet Aramäisch im VielVeelkerstaat Palästina, in dem näbn der Vielfalt der Veelkersprachen und später oo nach 70 vor

Christus , nämlich nach der Einwanderung der Juden ins New York des Nahen Ostens in Jerusalem, Aramäisch, doas Esperanto des Nahen Ostens, herrscht. Hebräisch als die Sprache der Juden zu dieser Zeit gibt es schon lange nimma und ist in steter Assimilierung an die WirtsVeelker bzw GastgeberVeelker auf eene kaum mehr als in den Jüdischen Sakralhandlungen des Jüdischen Beveelkerungsanteils verkümmert. Jüdische Macht und Jüdische Kultur hott es seit Salomo nimma gegäbn und ist beinahe bis Jesus Christus die mutwillige Illusion gewisser Historiker. Doas ist wie, ... Als würden heute die Kelten Großbritannien zurückhoamm wollen."

Hagar:"Aba es ist ock unbestritten, doas in der Bibel steht, die Juden in Jerusalem hätten Jesus zum Tode verurteilt."

Maxe:"Gell, in Jerusalem. Aba Palästina ist een bißchen mehr als Jerusalem."

Christian:"Nu nu, die tun ock immer so viel azeeln, doaß zur Zeit von Jesus in Palästina alle Hebräisch gesprochen hätten."

Maxe:" Diese Zeitungen begähn doas Verbrechen und erdreisten sich, die Geschichte um Jesus Christus für jetze und die kommenden Generationen neu zu schreiben, obwohl die Menschheit von solcher Scharlatanerie Abstand genommen hott. Kapitalistenschweine! Pharisäer! Heiliges Land. Palästina. Die Reemische Provinz vor 2000 Jahren. Kennt jäda. Oder?"

Christian:"Ieh hoabs nieh so miet der Rälligion. Pharisäer? Ja, köstlich."

Maxe:"Sisste! So wird ma manipuliert."

Hannel:"Judäa. Reemische Provinz vor 2000 Jahren."

Maxe:"Ach."

Christian:"Geheert Judäa nieh zur Reemischen Provinz Syrien?"

Maxe:" Woas?"

Christian:"War nurn Witz. Ieh hoab keene Ahnung."

Maxe:"Und: Philister ist een daitsches Schimpfwort seit SturmundDrangZeit bis heute. Komisch. Mir hoamm ock Hitler gehoabt."

Christian:" Für die Palästinenser tun andere Maßstäbe gelten."

Maxe:"Do ist ma wieder bei der Rubrik Untermenschen."

Hannel:""Werktätige Berufstätige Frau ist Christ ! Die Kerche spricht nie darüber. Deswegen lehne ieh die Kerche ab. Doas ist ock viel wichtiger, als, wer vor 2000Jahren in Palästina geherrscht hott."

Hagar:"Ieh hoabs nieh so mit der Kerche."

Christian:" Nu äbn. Wenns nach der Katholischen Kerche ging, danne wären die Froon nur hinterm Herd."
Maxe:"" Katholische Kerche? Der Sexismus kommt aus dem gesamten Christlichen Spektrum."
Hannel:"Guckt amol son kleenes Hirschl d Bedienung."
Fritze bringt RäucherMännchen mit Räucherkerze.
Christian:"Huch, was bringt Er denn jetze?"Bedienung schmunzelnd ab
Alle in Freude
Hannel:"N RaacherMannel !"
Christian:"N WichtelMännel !"
Maxe:"Juchhee! Do gibt's was zu gogeln."
Hannel zündet Räucherkerze an und stellt sie ins Männel
Alle gucken auf doas Räuchermännchen, Friede macht sich in ihren Gemütern breit.
Christian:"Und jetze müßt ma Lieder singen."
Hannel beginnt einfach und alle singen mit:

Sie singen:
„Wenn doas RaacherMannel nabelt,
und ....
ja die Weihnachtszeit ist do."
Christian: „Die Weihnachtszeit. Die Zeit der Winterspartakiade."
Hannel: „Geising SkiundWinterFasching in Geising. Riesige Figuren aus Schnee, mir hoamm die reinsten Kunstwerke gemacht!"
Christian:"Da hoamm alle scheen Sport gemacht."
Maxe:"Sowas hott BRD nie gehoabt. Doas ist beschämend."
Hannel:""Entweder ma muß oder ma wird ausgelacht Geising
Christian: Ja, genauso."
Alle lachen
Hagar:"Im Kurier stäht jetze oo viel übern Weihnachtsmarkt die nächsten Wochen."
Hannel:"Nu nu. Ieh bin gespannt wie es dieses Mol wird."
Christian:"Im Mittelalterlichen Gerrlitz. In der Altstadt. Ne Stadt wie Gerrlitz tut's nieh so ufte gäbn in Daitschland. Im Schlesischen Kurier steht oalles, die machen Werbung fürn Weihnachtsmarkt. Hoabtars geläsn?"
Maxe:" Kurier! Koann ieh nieh leiden. Hoabt ihr do jemols n SpielzeitTermin von GelbWeiß gesähn? Näh! Systematisch die

Schlesische Beveelkerung Austricksen, doas ist es. Jedes DorfKäseblättl ist stolz auf senn Fußballverein."
Hagar:"Nu jetze is ja bald Winterpoose. Do koann ma oo nieh verpassen, was ma nieh weeß."
Christian:" Die Tochter vom PfarrerinMann ist so ne Dralle. Die tut oo Fußball spielen. Wie er."
Maxe:"Die Tochter der Fraindin meener ExFroo oo. Die ist jetze 15. Als 5Jährige war sie eene schmucke Scheenheit wie ParbyPuppe. Jetze is sie een richticher Mensch geworden. Sportlich und kräftig, in Körper und Geist."
Hannel:"Doas gibt's noo nieh lange, doaß Mädchen Fußball spielen."
Hagar:"Also mich hott Fußball nie gereizt."
Christian:"Mich oo nieh. Ieh hoab in der Schule lieber auf der Ersatzbank gesessen."
Musik brandet aus der Küche des Lokals
Christian:" AmiDuddel allerorten. Elende!"
Fritze ruft:"Schuldigung, do ist n falscher Sender eengestellt. Kommt glei wieder klassische Musik."
Maxe nuschelt:" USA KulturKinderfilmMusicMonopol lecke Arsch."
Christian:"Klassik. Oh die lieben mir ja so alle."
Hagar:"Mondscheinsonate zum 150.000 mol."
Christian:"Da würd ieh zur Rettung ja sogorn Farnsähr anschalten. Aba die Musik ist do beinah noo schlimmer."
Hannel:"Farnsiehn bis gocka fuffzähn!"
Alle lachen, alle fühlen sich angesprochen.
Hannel:"Kommt aba nur aufn Sender an, den de eenstellst. Und gibt ock so manche scheene Sachen zu gucken. Dokumentationen, Tierfilme, Sport."
Christian:"Ju ju nee nee. Doas Eenzsche, was ieh noo Sinnvolles nachts machen könnt, is ne Semmel liebkosen."
Hagar, Hannel und Maxe im Chor:"Woas?!"
Christian:"Nu, n Brötchen."
Hagar und Hannel und Maxe im Chor:"Woas?!"
Christian:"Nu, ne M.."
Hannel gröhlt:"N Pflaume mit Kern! Du scheißt dir een!" Alle gröhlen. Christian:"Oder Nachrichten. Am interessantesten hoab ieh am Farnsiehn immer die Fernsehsprecherinnen gefunden."
Maxe:" Sprachfehler wän Polypen herrscht inde BRD bei de Nachrichtensprecherinnen seit 1975."

Christian:"Die Ormen! Ja die nuscheln so. Iss fast schlimmer als Lispeln wie unser Mann bei RTV. Oh guck, was bringt denn Fritze uns do Guttes?"
Fritze bringt Kleinigkeit was zu essen.
Alle machen sich hungrig über doas dampfende Essen her.
Hannel begeistert:"Oh, was ist doas denn für een Berg von Salat! Do sejnn ja 3 Kohlroulladen ufm Teller!"
Christian:"De Krautwickel vom Fritze!"
Maxe:" Und die goanzen Worschte! Juchhee! Aba doas ist ja beinah zu viel Fleisch!"
Christian:"Du Fritze, denne Schlachtplatte ist wieder amol ne Wucht."
Hagar:"Hm SchrimpsSalat mit Gornelen und Lachs."
Maxe:"Die Statistik besoagt, doaß Vegetarier im Durchschnitt, aber oo nur mit Vorbehalt in den Entwicklungsländern der Nördlichen Hemisphäre den Populationen der sogenannten III.Welt manches oder oo mehr voraus hoamm, während .."
Christian:"Maxe, koannste mir ne Schwatzwurscht abgäbn, und halt amol s Maul, krischst oo n Salat von mir." Die Männer wechseln Nahrungsmittel.
Maxe mit Blick auf Christian:"Halt dich ran!"
Alle essen genüßlich.
Dann lehnt ma sich ebenso genüßlich zurück.
Hannel:"Hier is scheen."
Hagar:"Hier koann mas ushaltn."
Christian:"Nu, der Papst der würd jetze no fähln. Danne isses soweit."
Maxe:"Soag amol , koann ma hier schloofm? hoamm die hier oo Übernachtung mit Frühstück?"
Christian:"Näh! Die oberen Stockwerke is beinah oalles noo nieh renoviert. Do tut´s noo ussähn wie vor 500Jahren", kramt in seinen Zigaretten," Wolln ma Eene zuutschen."
Hannel:"Ne Zierette", lacht, „nachm Essen Eene quarzen wär mir jetze goanz recht."
Maxe lacht:"Do mach ieh miete."
Christian:"Fritze! Bringste amoln Näppl!" zündet sich Glimmstengel an, Fritze bringt den Aschenbecher,"Was tun für die Globale Erwärmung."
Hagar:"Dafür muß ieh nieh roochen" und grinst, „Ieh rooch nieh. Aba roocht ihr, wenn ihr wollt."

Die Viere strecken sich und genießen die Verdauung.
Christian:"Der Papst ist ock Bayer."
Hagar:"Und Bischof, Kardinal, Papst und heißt Ratzinger."
Alle gucken durchs Fenster auf den Untermarkt:
Christian genüßlich: „Haußen ist scheen kalt. D Raajn mischt sich mit Schnee."
Hannel:"Da plumpts Scheiße."
Hagar:"Schneehagel."
Maxe:"Und immer mehr Schnee."
Christian:"Die Männer heute sejnn ja goanz anderster als früher. Heute sejnnse sogor bei der Geburt dabei."
Hannel lacht:"Männl solche Helden beim Zusammenmähren."
Maxe:"Haa ?"
Hannel:" Bei der Befruchtung."
Alle lachen
Hannel:" Und bei Geburt fallen die Männl in Ohnmacht, und die Froo bringts Kind zur Welt."
Alle lachen.
Draußen auf dem Untermarkt brüllt jemand.
Christian:" Und danne brülln se in Kreißsaal, und danne sejnns gor nieh d Froon oder der Säugling, sonder de Männl!"
Alle lachen.
Christian stutzt:"Du, do brüllt jemand, isses der Nachtwächter mit der Reisegruppe? Odern Leopard vom Tierpark her."
2 Junge Männer betreten laut doas Lokal.
Hannel:"Guck amol, wer do kommt. N Schwarzer und een Blonder."
Maxe:"" Sähn aus wie n Pärchen Harlekin."
Christian: Ja, die zwee Männl sejnn n Pärchen."
Hagar:"D Hans und d Franz", sie winkt den beiden," kenn ieh vom Bodybuilding."
Christian:"Der Stadtrat könnt oo amol n bisl Sport machen."
Hannel:" Wenn ieh die säh, immer diegleechen 3, 4 Leute labern, und der goanze Rest, alle andern schloofen oder tuscheln, ohne jemols oo nur een Wort zu soagn, doas sejnn so richtiche Politiker, mit Herz und Seele."
Christian: "Und danne dieses Alibitreffen der dreej Grußen von Gerrlitz
OrbejtsamtChef Nakel."
Hagar:" TheaterChef Vila."

Christian:" und Bürgermeister Paoli."
Hagar:""Vila meecht mit Unterstützung vom Paoli beim Nakel wieder ne TheaterProjekt lockermachen."
Hannel:"So een Schwindel."
Christian:"Doas koannste wissen."
Maxe:"Ist ock gutt. Ist Kultur. Was denkt ihr aich denn?"
Christian:"Iche? Ieh tu doas anderster sähn. Na wenn der Vila den Paoli Nakelt, doas meecht ieh sähn!"
Alle Vier lachen.
Maxe:" "Den AAChef müßt ma ann Pranger stellen. Exempel statuieren."
Christian:"Du, der Nakel ist ok. Er ist zwar der Chef von dem Scheißladen hier in Gerrlitz, aba, wenn du amol wirklich die Schnauze vollhast von den Idioten, die dich behandeln wie Scheißdreck, danne koannste direkt zu ihm. Der tut mit dir normol sprechen. Und pletzlich geht es."
Maxe:" "Was könnte ma machen? Fassen mir amol zusammen. Hingähn und mit faulem Obst und faulen Eiern schmeißen?"
Christian: „Schade um doas gutte Essen."
Hannel:"sejnn goanz paar Punkte angesprochen worden. Was isn jetze die Leesung?"
Hagar:"Wasn jetze die Leesung für dich Christian? Was meenstn du?"
Christian: „Iche ! Nu, wo soll Ichn doas herwissen ?!"
Maxe:" Doas ist mir jetze zu hoch. Mir sejnn ock schon so weit. Den Bonzen muß mas ock zeegen. Wart ihr wirklich immer so ausländerfeindlich wie die WessiMedien soagn ?"
Hannel:"Hagenwerder und Boxberg von Ungarn mitaufgebaut."
Christian: "Sowjetisches ErdgasWeinhübel, doas hoamm mir zusammen mit den Ungarn gebaut", ruft zur Küche,"Wirtschaft! Vier Bier!"
Maxe:"Woas?! Do seid ihr ja gor nieh solche AusländerFeinde gewäsn wie die BRD immer gesoagt hott. Do hoabt ihr mit den anderen Staaten also gutt zusammengehalten."
Christian:"Nun nu."
Maxe:"Von Usländern hurrt ma in de Weihnachtszeit reen gor nischt. In der Weihnachtszeit gibt's gefälligst keene Kritik am Staat. Nieh anderster wie bei aich."
Christian lacht:"Zwischen Frühstück und Gänsebraten Farnsiehn am

1. WeihnachtsFeiertag vor Mittagessen: Herrlich!
GesellschaftsKritisch gän DDR, oalles durchn Kakao gezogen."
Maxe:"Kenn ieh nieh."
Christian:"Der Jochen Petersdorf war gutt. Ja, doas ist äbn unser DDRFarnsiehn. Ist ja oon Schlesier."
Hagar:"So wie du."
Christian:"Nu äbn."
Maxe:"Woas!? Doas weeß ieh ja gor nieh. In Wessiland niemols irgendetwas über ihn geheert. Mir, äh, die BRD hoat ock doas Monopol gehoabt, über Schlesien und doas Sudetenland in der Welt zu sprechen."
Hagar:"Sudetenland sejnn ock Österreicher."
Maxe:"Woas?!"
Christian:"Nu äbn. Nu soag amol, haste denn gor keene Bildung?"
Maxe:"Ieh weeß oalles über Schlesien."
Christian:"DDR, unsern goanzen Staat kritisiert. Der Petersdorf war gutt."
Maxe:"Kenn ieh nieh."
Christian:"Der is aus Liegnitz."
Maxe:"Hä?! Do komm ieh her. Äh meene Mutter."
Hagar:"Die BRD hott doas Monopol gehoabt, die Wahrheit zu vadrähn."
Christian:"Is ja oalles schlecht gewäsn früher. Ha! Wenn ieh do haite an die Korrupte KommunalPolitik denke!"
Fritze bringt Christian vier Flaschen Bier.
Hannel:"Biertrinker sejnn oalles Alkoholiker."
Christian:"Nu aba!"
Die Vier öffnen sich mit Feuerzeug doas Bier.
Christian:"Dumm frißt viel, Intelligenz säuft" und nimmt eenen großen Schluck aus der Flasche.
Hagar:"Du trinkst nimma so viel Bier. Finde ieh gutt."
Christian:" Ach woher ock!? Ieh trink ock gor nieh. Ieh genieße den edlen Tropfen. Weihnachten heeßt vor allem GeldGeilheit. Früher hotts irgendwann amol kirchliche Feiertage gegäbn. Die gibts aba hait nimma. Nu, ieh pfeif auf die Kerche, obwohl.."
Maxe:"Aba es gibt n Feiertag für die Verliebten, äh für die Froo, für die verliebte Froo. Oder? Valentinstag hott´s ock bei aich inna DDR oo gegäbn. Bei aich gabs ock oo valiebte Froon, oder?"
Hannel:"Ja 8. März FRAUENTAG die werktätige Frau wird geehrt.

Muttertag wie drüben hott es in der DDR nie gegäbn. Hausfrauen und Mütter ehren? Nee, bei uns wurde die GOANZE Frau geehrt. Valentinstag, diesen Quatsch hott es in der DDR nie gegäbn."
Hagar:"Valentinstag: Doas Fest des Kaufrauschs. Muttertag: Doas Fest der Gebärenden. Een Fest für die Frauen gibts im Westen gor nieh."
Christian: "Der WessiMuttertag, ätzend, doas bekommt mit den Gebärprämien ne richtiche naie Dimension. Doas geht wie mit den Ratten. Die ratteln und ratteln , und pletzlich sejnn aus dennn zwee Ratten hundat geworn, die aggressiv und blutrünstig sich selbst zafleischen."
Hagar:" Doas ist oalles Absicht. Doas ist oalles die globale Erwärmung."
Alle Vier lachen.
Hagar: "Lacht ock nieh !"
Christian:"Die BRD hott unseren Staat ins Mittelalter zurückgeworfen."
Hannel:"Stadthalle brachliegende Ruine , bis 89 voll genutzte Lokalität. Stadthalle iss sowas wie doas Wahrzeichen eener Stadt."
Christian:"Wenn Ausländer doas erfahren würden, wie mir mit unserer Stadthalle umgähn, danne würden diese Ausländer jede Achtung für die Daitschen verlieren ... Karl Edurd von Schnitzler Montagabends Schwarzer Kanal."
Hannel:"Nu nu. Sehr beliebt. Bisl hartte. Immer nur doas Negative vom BRDstaat gezeigt."
Christian:"Nu äbn. Gutt wars. Bisl Ausländerfeindlich", lacht,"BRDler sejnn ja Ausländer."
Maxe:" Mir hoamm hier Störche. Störche gibt's drüben nieh."
Christian:"Und Literatur tun ma hier hoamm. Ieh hoabse zwar nieh geläsn, aba mir hoammse."
Maxe:"Gell, de Literatur, äh, Eichendorf und Gerhard Hauptmann erzählense ja immer so viel. Ieh bin Schlesier und hoab noo keen Wurt von diesen Schriftstellern geläsn. Mir hoamm die nieh in der Schule geläsn und die interessieren mich bis haite nieh. Und ieh war ufm Gymnasium. Gerhard Hauptmann. Doas Beste ist heute, doaß Guttenberg noo nieh amol eenen eenzigen Text von ihm zu lesen hott, und Doaß se Guttenberg untern Scheffel stellen, wo er ock mit dem Hexenhammer n Bestseller gelandet hott, der die „Politik" mit Randgruppen in Mitteleuropa mitgestaltet hott. Ein Ausländer wird

doas nieh glooben, was mir Daitschen mit unseren Daitschen machen."
Christian:"Gerhard Hauptmann? Der ist ock Pole. Oder?", winkt ab,"war bloßn Scherz."
Maxe:"Es ist die beabsichtigte Leugnung der Schlesischen Literaturgreeßen. Ja doas ist der Rassismus von heute. Gell. Und in der Schulebei aich früher?"
Hagar:"Ieh hoab wänig inna Schule gelesen. Von Goethe hamse immer erzählt. Do hoab ieh in Daitsch immer nur gestrickt."
Christian:" Ja was hoamm mir für Literatur gelernt in der Schule?"
Maxe:" Ieh koann mich an nischt erinnern, Robert Musil der Sprung in die Tiefe, Peter Weiss: Marquis de Sade und senn Hospiz zu Charenton, mehr gabs nieh, werklich. En Werk gibt's, gell, Wagners Kindermörderin hoab ieh mir privat als Student amol angelesen, .."
Christian:"Woas? Richard Wagner?"
Maxe:"Nee, sondern der Leopold."
Christian:"Ieh kenn weder den eenen noo n andern."
Maxe:"Die revidierte Theaterfassung von Karl Gotthelf Lessing spricht Bände", lacht.
Christian stolz:"Ieh kenn nur die Lessingstadt Kamenz. Und denn Lessing natierlich, denn kenn ieh. Aba ieh weeß nieh, was er gemacht hott."
Maxe:"Jedes Feuer hott Lessing für die Verkoofbarkeit des Bühnenstücks eliminiert und den Inhalt entleert. Armes Daitschland."
Christian:"Die Trümmerfrauen hoamm Daitschland wieder aufgebaut. Doas hoamm mir gelernt."
Maxe:"Woas?! Ieh weeß, die Trümmerfrauen. Aba dieses Wort ist in der Schule in keenem Buch zu lesen gewäsen."
Christian:"Die Froon hoamm Daitschland wieder aufgebaut. Die Männer waren in Kriegsgefangenschaft."
Maxe:"Und die sejnn oo noo stolz drauf auf ihre Sturm und Drangzeit."
Hannel:"Pawel Kortschagin, SchulLektüre 9., 10.Klasse 1968, Wie der Stahl gehärtet wurde, Nikolai Ostrowski."
Christian:"Und Bertold Brecht. Nu, denn koann ieh nieh leiden. Immer nur doas Schlechte in der Gesellschaft. Immer nur doas Negative. Mißstände ufklären ist ja amol goanz gutt. Aba immer nur dieses Thema. Nee, bei Brecht muß ieh brechen."
Alle lachen.
Christian:"Nu, was hoamma noo gehoabt? Die Waber von Gerhard

Hauptmann."
Maxe:"Woas. Die Waber?"
Christian:"Nu, der Ufstand de Waber, kennste nieh?"
Maxe:"Nee."
Christian:"Waberaufstand. Nu nu, doas war der Beginn des Sozialismus, und freilich Biberpelz."
Maxe:"Woas?!"
Christian:"hott er oo geschrieben."
Maxe:"Wer?"
Christian:"Nu d Gerhard Hauptmann."
Maxe:"In der Schule drüben hott es ihn nie gegäbn. Und was hoabt ihr noo so gelesen?"
Hannel:"Odessa Matrosen Aufstand. Friedrich Schiller Kabale und Liebe, Effie Briest."
Christian:" Die Aula von Hermann Kant . Doas hoamma alle geläsn."
Maxe:"Doas iss ja Wahnsinn. Ieh hoab gor nieh gedacht, doaß ihr soviel Literatur in der Schule gehoabt hoabt."
Christian:"Und Christoph Kolumbus hoamm mir freilich geläsn."
Maxe."Woas?! Doas koann nieh wuhr sejn! Mir oo."
Hannel:"Nu freilich. Amerika!"
Maxe:"Mir oo. Doas hoamm alle Kinder und Jugendlichen geläsn."
Christian:" Nu nu."
Maxe:"Doas giiiibts ja gor nieh, mir hoamm imma gelernt, daß ihr hinterm Mond lebt!"
Christian:" Bjarni Herjulfsohn sieht bewaldete Hügel: Amerika! Und dann : Leif Eirikson geht an Land und nennt es Winland. Seitdem heißt der Entdecker Amerikas „Leif der Glückliche". Holztransporte der Wikinger von Amerika nach Island, .."
Maxe:"Momang!"
Christian:"Das erste Mädel von Nikolai Bogdanow."
Hannel:"Das Klassentreffen, Wolfgang Joho."
Maxe:"Doas heeßt also: Die haitige BRDSchule muß, wenn se doasgleeche Argebnis Usamilitärischer Jasager produzieren will und soll, jenau doasgleeche machen wie BRD seit 1970: UsaScheisse und Lügen verbreiten. Und was kennen mir von Geschichte?"
Christian:" Die Entdeckung Europas von Forschern aus Marrokko im jahre 750. Blühende Arabische Kultur 500Jahre. Dann erst kamen die Europäer!"
Maxe:"Woas! DOAS hoabt ihr gelernt?!"

Christian grinsend abwehrend:"Nej Nej, doas weeß ma eefach. Ieh kenn vonna Schule nur Iwan den Schrecklichen: Der hoat ock doas Land von den Heiden befreit und doas Christentum in Europa gerettet."
Maxe:"Niemols hoamm mir etwas über den Iwan gelernt."
Christian:"Nieh „der Iwan" also der SowjetSoldat im 2.Weltkrieg, sondern Iwan der Schreckliche!"
Maxe:"Über Iwan den Schrecklichen hoamm mir nie was inna Schule gelernt. Und dabei geheerte BRD zu Europa. Seltsam."
Christian:"Der Iwan, hoat Verräter bei lebendigem Leib öffentlich langsam zastückelt."
Maxe:"Daitsche Geschichte in WessiSchulbildung endet 1945. Is wohl oo besser so. Polnische Wirtschaft in der BRD, bei dieser Mauschelei und Betrug, do gibt's nischt, worauf ma stolz sein konnte. Wirtschaftswunder. An meener Familie ist doas BRDWirtschaftswunder vorbeigegangen. Mir hoamm zur unteren Mittelschicht geheert."
Christian:"Oder koannste soan: Obere Unterschicht, hurt sich besser an. Doas ist nämlich die Orbejterklasse."
Maxe:"Und danne d berühmteste Mystiker des 17.Jahrhunderts JakobBeehme. Nie woas von däm geheert. Und do sejnn mer in Gerrlitz."
Christian:"Es gibt Sachn, die gibt's gor nieh. In Gerrlitz spielt die Musik."
Maxe:"Musik, und Mystik, doas ist ock fast doasgleeche. Wenn ma do die germanische Lautverschiebung heranziehen würde. Und so kommt Gerrlitz zu Bob Marley", in der Hoffnung, Christian als FilzlockenMensch entgegenzukommen.
Christian:"Bob Marley interessiert mich nieh. Jelokep schon. Aba die sejnn ja oo was Besonderes."
Maxe:"Ieh denk du bist Rasta. Doas gibt's ock nieh."
Christian:"Ieh bin keen Rasta."
Maxe:"Woas?! Ieh kapier nischt mehr. Ieh kapier manches nieh in Gerrlitz. GelbWeiß IST VERBOTEN in Gerrlitz, so geht es oo den Palästinensern. Palästinensertücher und PalästinaFlagge werden verfremdet. Sinnentleert und danne Folklore. Palästinenser, ihr werdet es sähn. Es gibt Harz4Theater, aba alle Zeitungsartikel mit massenhaft Fotos gibt es aba KEENES mit dem Alkoholiker in Schlesierhemd."

Christian:"Nu nu. Die Medien wollen äbn keen Schlesien in den Schlagzeilen. Andererseits wollnse die Schlesischen Urloobermassen aufm Schlesischen Weihnachtsmarkt. Irgendwie widersprüchlich. Ach, für Mensch und Tier müßte es een Frohes Weihnachten gäbn."
Hannel mit eener NähNadel als Zahnstocher:" Auf dem Bauernhof von meener Mutter und meenem Vater hoamm die Viecher zu Weihnachten oo immer was Besonderes bekommen."
Christian:"Uf alle Fälle, die orbejten ja es goanze Jahr für uns."
Hagar:"Wie doas Theater. Der Vila hoat us dem Provinztheater n GrußstadtTheater gemacht. Die Produktionen hier kennen mit WestDaitschen Grußstädten mithalten."
Christian:"MaxKeenig war früher Graphische Werkstätten, Druckerei."
Hannel:"Von den Bekleidungswerken die Lehrwerkstatt. Nu nu. Die Häuser hoamm schon immer dem Theater geheert."
Maxe:"VEB Bekleidungswerke, een Konzern. Und heute gibt's nischt mehr."
Hagar:"Du , die nähen do heute immer noo drin, ist die TheaterNäherei. Aba die hoamm ihren festen Stamm. Keene Schanx, do rin zu kommen."
Christian:"MaxKeenigDruckerei teilen sich die Gebäude heute mit dem Theater."
Hannel:"ElasticMieder großer Betrieb, oalles zu seit Wende, hinterm Haus der Jugend, Tanzgaststätte für Junge, NUR LIVE-Auftritte !!
Maxe:"Woas?"
Christian:"Nu freilich. Beim Ärich do gabs nur Live-Auftritte, do gobs nischt us der Konserve, so oarmsälich wie bei aich im Westen."
Hannel:"Hoamm se oalles zugemacht. Nu nu. Mir hoamm Ufschwung seit 1989."
Christioan:"Miet däm Ufschwung wärn se inna Weltmeisterschaft beim Turnen am Reck ufm letzte Platz."
Maxe:"Glühbirne! Ieh hoab ne Idee: Mir broochen eene wölfische Jugend soagt die BRD. Mit KriegsVerherrlichung scheißen se die Jugend voll", springt auf,"ieh hoab zu viel getrunken" und rennt zum Klo
Christian:"Wasn jetz los. Will ar was ahinder schoaffn? Muß ar seechen?"
Maxe rennt und ruft," Nieh nur doas, ieh muß oo scheißen!"
Christian:"De Hütte eefach geradeus. Rechts und danne d Männl

links. Schulle und AA steht anner Tur. Aba nieh so rumurschen auf der Hütte."
Hannel:"Den Grieskram koannste dir ja mit der KloBürste abstreifen."
Christian:"Hott ar so viel getrunken?"
Hannel:"Nu, schullern müßt ieh oo amol."
Christian:"Weibsen iss zweemol rechts die Tür mit ner Püppi und Nachttöppl." Hannel ab.
Christian:"Ieh will amol Eene roochen. Immer wenn ieh an meene Scheißerei oder an meene Käsfüße denk, danne hoab ieh Lust, eene zu roochen", steht auf, geht zur Theke und stellt die leere Bierflasche dahinter.
Maxe erleichtert kommt zurück:"Iss ock eegentlich ne Schande, doaß doas Preußisch Kaiserliche Schlesische Postamt in Schlauroth vakommt wie n Schuppen!"
Christian:"Tradition. Wo issn die? Beim Erich hotten mir Öffentliche Toiletten."
Hannel kommt zurück, sieht sich im Café um und staunt über das Holzspielzeug auf dem Fensterbrett.
Christian:"Echte Handarbeit. Deutsche Wertarbeit. Made in Germany."
Hagar:"Fritze, kennt ieh bitte n Joghurt hoan ?"
Fritze:"Wasn für eens: mit Grünem Tee?" Alle lachen.
Fritze:"Hagar, nimmste´r eefach selber eens raus."
Hannel:"Kinderspielzeug ist früher viel scheener gewäsn als der haitige PlasteMist. Us Holz. Und gemalt und gebastelt hoamm d Kinder früher!"
Maxe:"Also ieh hoab früher mit ner Holzeisenbahn gespielt. Heute zB gibt's Ahryelle.."
Hannel:"Ahryelle, ja doas iss scheen. Die Kinderbücher hoab ieh haite noo rumliegen."
Maxe:".. ist Sexismus für Kinder, een Kindercomicmärchen, ParbyPuppe oo son Märchen. Ieh war 9 Jahre alt, do gabs doas Zeug pletzlich. Keener in der Schulklasse hott doas gehoabt außer een Junge. Der hotte den „Gänn", der Mann von der Parby, die Puppen waren bunt und taier und pletzlich do, Hoofen Werbung zur Kinderstunde. Mir Kinder hoamm imma vorm Farnsähr gehockt. gutter Werbetrick, ne Seuche zu inszenieren. Iss fast wie Theater. Doas ist 1974 gewäsn. Ne Fraindin, die ieh 10 Jahre später

kennengelernt hoab, die ist Een Juhr jünger, und iss miet d Parbypuppe ufgewachsen. Für sie iss ParbyPuppe doas Een und Oalles, oo heute noo, doas sejnn für sie die scheensten Kindheitserinnerungen. So was finde ieh schlimm. Aba so ist es numamol."
Christian:"Was ieh bei den Amis nie verstanden hoab, iss, wie ungepflägt, vaschwitzt und dreckig im Farnsiehn sich seit eh und de Jungen und Männer ins Bett begäbn. Kumm vadreckt und vaschwitzt von nem Tag derheeme, und tun sich usziehn und gähn so wie se sejnn ins Bettl. Widerlich!"
Maxe:"In der BRD sejnn mir Jungs systematisch zu Schlampen erzogen worden. Wie isses bei aich gewäsn?"
Christian:"Bei uns hoamm die Männl und Weibsen oalles zusammen gemacht, naja, offiziell. Denn Haushalt und die Arbeit mit den Kindern hoamm freilich die Froon alleene gemacht."
Hannel:"Nu nu."
Maxe:"Sisste?! Bei aich isses jenauso gewäsen."
Christian:"Woas?! Bei aich oo? Ieh denk, ihr hoabt die Emanzipation gehabt."
Maxe:" Ufm Papier. Und in den Medien vielleicht."
Hannel:"Freiheit der Frau."
Hagar:"Meine Freiheit."
Christian:"Die Wende hott uns die Freiheit gebracht. Woas fier ne Freiheit!"
Maxe:" Wie n Wahlpflichtkurs bei uns drieben inna Schule: ma hott de Wahl zu gehorchen."
Christian:"Woas?! So´n Quoatsch hoabt ihr im Westen gehabt?"
Maxe:"Freiheit zur Willenslosigkeit."
Christian:"Gewissenlosigkeit und Abstumpfung im Konsumwahn. Noo der Wende und bis haite kommts mir so vor, als wärsn Leuten egohl, doaß ihr Land AngriffsKriege führt."
Maxe:"Militärischer Duldungswahn."
Christian:"Freiheit!"
Maxe:"So wie in der BRD die Freiheit der erwerbslosen Frau hinterm Herd."
Hannel:"Wir Werktätigen Frauen sind frei in der DDR gewesen."
Maxe:" BRDFrauenMädchen gefangen in eener Freiheit, die keene iss."
Christian:"Nu nu. Machen se imma Werbung von Gleichberechtigung

sprechen se, und woas die Männer haite in der BRD fier brave Laschis sind. Tse."
Hagar:"Also Iche, ieh mag keene Weicheier."
Maxe:"Dabei kenn´sich doas nur diejänigen Staaten leisten, die wie BRD sicher auf der Seite von Usa kämpfen."
Christian bitter grinsend mit SchulmeisterFinger:"Und deren abgestumpfte Bevölkerung wie inna BRD ihre SöldnerArmeen dulden."
Maxe:"SöldnerArmeen?"
Christian:"Nu nu. Und solche Staaten, die nieh zur UsaKriegspartei gehören, hoamm nur deswäjn keene braven Laschis, weil se jädn Mann gän de Amis fier de Front broochen. Söldner sejn fier mich doasgleeche wie BerufsSoldaten. Krieg! Und wie doas die Deutsche Bevölkerung akzeptiert!"
Hannel:"Dafier hoamm wir den Dreck mit den Kriegsfilmen."
Christian:"Nu nu. Kommt tagein tagaus diegleeche Scheeße. Do muß ma ja bleed wern! Der Mann wäscht sich nicht, er kämpft im Dreck."
Maxe:"Momang, ja, wie die Usische Kultur allen Zuschauern von jung bis alt aba äbn vor allem den Kindern eenbleuen, wie typisch männlich es iss, dreckig zu sein, damit Mädchen grundsätzlich imma mit ihrem Kaufrausch in den Kosmetika der Geschäfte den Männern imma stets een guttes Beispiel gäbn müssen, wobei genau doas wiederum denn Mädchen und Froon denn Minderwertigkeitskomplex eenbleut, im Grunde viel dreckiger als die Jungen und Männer zu sein, so doaß es nieh nur natierlich sondern gottgegäbn ist, doaß sich Mädchen und Froon im Farnsiehn ständig und imma stets waschen müssen und wieder und wieder. Und Tausende von Waggons GunstOonig sejn wieder zur gämpfenden Drubbe an die Frond gerolld. Propaganda. Gehirnwäsche."
Christian:"Die KlosterLeute waschen sich nur mitm Krug Wasser."
Hannel:"Es kommt uf die Innere Reinheit an. Mehr als uf die Äußere."
Christian:"Heert ihr doas, meene lieben Käsfüße? Ja die Nonnen", stolz," Franziskaner gibt's oo haite in Gerrlitz, Gerrlitz erste Kerche iss doas FranziskanerKloster bei DreifaltigkeitsKerche, wo haite doas Gymnasium iss."
Maxe:"Seltsam doaß ma heute Franziskaner nur in Weinhübel findet. Und doas ist Eener. Mehr gibt's nieh. Und doas ist n Pole. So könnte een Ausländer meenen, Franziskaner sejn in Gerrlitz schon immer

Polen gewäsn. Obwohl die Franziskaner hier in Gerrlitz Daitsche gewäsn sejnn."

Christian:" Wuhrscheenlich gibt's mehr Polnische Christen als Daitsche Christen in Gerrlitz."

Maxe:"" Und deswän d Polnische Franziskaner."

Christian stolz:"Mir hoamm goanz scheen viele Nonnen in Gerrlitz. Goanz scheen viele Froon in der KlosterKutte."

Hannel abschätzig:"Die Nonnen hoamms Faustdick hinter den Ohren!"

Maxe:"Nonnen, die Klöster, diese Eenrichtung der Kerche iss was Guttes. Do werden Froon, die schwere Probleme hoamm, wie us der Familie ausgestoßen sejnn oder so, ohne Fragen über die Vergangenheit ufgenommen."

Christian:"Nu nu. In St. Marienthal hoamm mir ja n Kloster. Und in Gerrlitz hoamm mir n Kloster,..., gehoabt früher."

Maxe:"Für doas Verständnis von Schlesien extrem wichtig: Bernhard von Clairveaux´s Daitsche Zisterzienser Klöster hoamm Schlesien christianisert. Do derfen die Polen eegentlich gor nischt gän die Daitschen hoamm, weil die Daitschen eenen großen Teil des haitigen Polens christianisiert hoamm. Aba die Polen hetzen gän die Daitschen seit eh und jeh. Aba viel schlimmer ist, doaß die Daitschen viel mehr gän die Daitschen hetzen: ZDU."

Christian:"Ja die Nonnen. Mir hoamm viele Nonnen in Gerrlitz."

Hannel sinnend:"Ieh hoab so eenen schlimmen Ärger mit meenem Ehemann und mit meenen Söhnen, die darunter leiden. Seit Jahren gäh ieh daran zugrunde. Ieh würde mich am liebsten oo inn Kloster zurückziehen und mit meenem bisherigen Läbn abschließen."

Christian: "Mir früher Wissenschaftler, Traktoristen, Agronomen, Kosmonauten. Mir waren eene starke Gesellschaft. Und die USKosmonauten haite, wie se angäbn, obwohl die ISS een Sowjetisches Produkt iss, und wie se immer doas FirmenLabel USFlagge zeegen, äkelhaft. Und wie se alle den Usa hinterherrennen. Wie die HoammelHerde. Adventszeit und Gewitter. Doas hotts beim Ärich nieh gegäbn."

Maxe:" "Und wie stehts mit der Treue in der Liebe? In der DDR. Oder wie hältst dus damit?"

Christian:"In NubbersGarten rumstiefeln und verbotene Äpfel pflücken gibt's nieh, interressiert mich oo nieh."

Maxe:"Woas?"

Christian:"Fremdgähn. Iss mir egohl, wie mas nennt. Do gibt's so ne Votze in Gerrlitz, die machts mit jädem, wenn er ihr nur n Päckl Zigaretten gibt. Aba eenbringen muß es was. Und vadreckt. Die Schlampe Ungepflegt. Äkelhaft. So Froon koann ieh nieh leiden."
Maxe:"Die treibts mit jädem. Doas iss ja dolle. So eene Froo wollte ieh in meenem Läbn imma amol kennenlernen. Sexuell volle Freiheit."
Christian: Schweigen
Maxe: " Und so ne Froo koannst du nieh leiden? Haa? Ieh denk, Rastas sejnn so für die Sexuelle Freiheit."
Christian: "Ieh bin keen Rasta."
Maxe:" Diese Froon nennt ma ´scheen häßlich´.
Christian:"Die es für Bezahlung machen, nennt ma Prostituierte."
Maxe:"Och, do weeß ieh woas: Christentum Mittelalter Konzil in Konstanz. Eene Hochburg der Prostituierten. Doas Konzil ist sowas wie die AutoMesse oder eene WeltAusstellung: Politiker, Prominente, und MassenPublikum. Allein die Registrierten Prostituierten in Konstanz sprengen jedes Mittelalterliche Vorstellungsvermögen", Maxe aalt sich in seiner wissenschaftlichen Weisheit.
Christian:"So. Und doas zu Weihnachten. Maxe?"
Maxe:"Na und? Hätt ich doas nieh soagn solln?"
Christian:"Nu. Und jetze kommt doas Fest der Liebe: Weihnachten. Die Geburt des Heilands. Den goanzen Weihnachtsrummel will ieh nieh."
Maxe:"Werklich schlimm die Geschäftemacherei in der Adventzeit. Do lieb ich mir die Kerche. Och scheen son Gottesdienst, besonders in der Winterzeit. De scheene Musik. Die Laite wern wieder normol. De Pfarrer machens besonders feierlich. Und erst wie de goanze Kerche geschmückt ist!"
Christian:"Ach Gottl neh! Doas goanze Theater ufm Altar, doaß die sich nieh schäm! Pletzlich wernse alle so fraindlich, abas goanze Juhr tun se sich ankotzen! Äkelhaft! Und als de Kreenung de Chefs: de Pfarrer und de Pastorn im Kostüm. Denn goanzn Krempel Kerche brooch ieh nieh fürn lieben Gott. Lieder koann ieh oo so singen."
Hannel:"Doas Lied: Avanti Populo de ladis grossa, kennt ihr doas? hoamm mir früher in der Schule immer gesungen."
Christian:"Nu nu. Avanti Populo de ladis grossa, singen immer beim Klassenlehrer. Und scheen wur doas ! .. do war die Schule noo scheen."
Maxe:"Doas is Latein, nieh? Aba ieh kenn mich miet Kerchenliedern

nieh so us. Wunderscheen sindse, die Kerchenlieder, nieh?
Christian verblüfft ungläubig verwirrt.
Maxe:" Is ock herrlich die Feiertaach, wenn de Kantor in de Tasten haut und de goanze Kerche dröhnt von der herrlichen Musik. Und dazu der Chor."
Christian:"Nu Iche, Ieh brooch d Kerch nieh zum Jahreswechsel, Bratworscht mit Zitrone und Sekt geht oo."
Hannel:" Prostlwasser!"
Hagar:"Kicherwasser!"
Fritze kommt einen Schritt aus der Küche:"Sauerkraut!"
Christian:"Mit Abbernmauke!"
Maxe:"Und die goanze Meute in der Kerche singt aus voller Kehle. Mensch Christian ! Biste iehberhoopt nieh romantisch."
Christian, Hagar, Hannel, Fritze offener Mund den Kopf schüttelnd.
Fritze:"Ieh koanns nieh fassen."
Christian:"Doas ist der Kommunistische Wandersong! Nu soag amol! Nu, du bist nieh von hier. Du bist Wessi. Do koanste doas nieh wissen." Und Alle außer Maxe singen:"Avanti Populo de Ladis Grossa .."
Christian:"WellFleisch ! Und was für scheene Filme es inna Weihnachtszeit im Farnsiehn imma gegäbn hoat!"
Hannel:"Winnetou mit Goiko Mitic."
Christian: "Nu nu, Froo von Winnetou Renate Blume, Verheiratet mit Dean Reed !"
Maxe:" Jacob Beehme : Schuster und Philosoph. Mehr weeß ieh aba oo nieh. Aba Eens weeß ieh: ZDU-Historiker, wie sie sich prostituieren! Ieh hoab eene Wut im Bauch."
Christian: "Durfst dir die Politik nieh so sehr zu Herze nähm. Doas iss sie nieh wert, doaß ma sich wän ihr varickt macht. Und „Herr Graf", sowas gibts nieh bei uns. Der eenzige Graf, den mir hoamm, iss Karl Eduard von Schnitzler. Drüben ist ja der Adel hochangesähn."
Maxe:"Du bist vielleicht der Goldsohn, denn sich denne Eltern imma gewünscht hoamm."
Christian:"Alle sejnn se dem Geld noochgerannt. Nur ieh hoab im Bauwagen geläbt. Mietm Hund und m Kanonenofen."
Maxe:"Die Christianisten, die militanten Christen mit ihren Armeen, machen sich wenig Gedanken über ihre Sünden. Woas der Jesus wohl über sie denkt?"
Christian:"Doas letzte Hemdl hoat ar mitm Bettler geteilt. Nu,

Islamisten sprechense imma nur, militante Moslems."
Maxe:"Über die Judaisten, die militanten Juden, spricht keener. Susanne Kochtopf hoamm unsere Medien lächerlich gemacht."
Christian:" Nej!, Nej! Die Kochtopf? Die iss ock selber schuld. Doas Essen war heute wieder amol lecker. Hier im Beaufuse tut´s nieh son ufgewärmter Laatsch von gestern gäbn. Wie son vatrockneter Broiler heute am Imbiß. Sowas hätt ma sich früher nieh getroot."
Maxe:"Soljanka mit Hühnchen, so wird trockenes Brathähnchen saftig
Hannel:" Ieh koann lachen und weinen in eenem Satz. Schabowski in Berlin hält Rede, absichtlich falsche Order zur Öffnung der Grenzen gegäbn am Abend des 9.November 89."
Maxe:"Tip vom Bürgermeester: der Pfarrer von Dietersbach hoatn Theaterstück am Bestdorfer See/Daitsch Ossig. Bürgermeester hoat es gesähn; läd uns, mich und Hannel een. Wenn ar wollt kennt ar oo mietkumm. Und der spielt Orgel in der Kerche!"
Christian:"Vafluchte Scheiße! Nee, loß amol."
Maxe:"Schimpfwörter? Die waren amol in gewäsn in der BRD, aba nur bis 1969", Maxe lacht, "Wehner, Strauß Live-Übertragungen aus dem Bundestag in Bonn hott ma VERBOTEN, weils peinlich für die BRD war."
Hannel:"Kurt Risse, BetriebsParteiSekretär von VEB Bekleidungswerke Wilhelm Pieck Gerrlitz, Er hott perseenlich dafür gesorgt, doas ieh eene NeuBauWohnung in Nord bekomme. Diese Wohnung war doas Beste an Wohnungen zu dieser Zeit. Deswegen lasse ieh auf ihn nischt kommen. Egal, was ma heute gegen die SED soagt. Ieh hoab keene Nachteile von der SED erfahren."
Christian:"N´Nassen machen beim kartenspielen koann ieh mir nimma leisten."
Maxe:"Der WandervogelVerein muß darben, und die Großkotzigen gähn zum Opernball. Habtas gelesen?"
Christian:"Nu nu, MontagsDemo."
Maxe:"Bin ieh amol mitmarschiert."
Christian:"Woas? Do bin ieh oo amol mitmarschiert. Aba nutzt ja nischt. Was soll die Beveelkerung schon usrichten?"
Maxe:"Ihren OpanBall solln se amol scheen alleene feiern! Spekulanten ! KapitalistenSchweine!"
Christian gröhlt:"OpaBall! OPA-BALL !" Die lachen.
Hagar:" Ja, die EwigGestrigen! Glooben doaß die Soziale

Murxwirtschaft den GesellschaftsFrieden bringt. Am berühmtesten ist der OPA-BALL in Wien."
Christian:"Ja, do heert ma immer so viel. OPAs ! Ach, habtas geläsn?" lacht unbändig:"Hott Eener senne Kastanjetten urntlich in Blumenkübel gelegt vorm Schlafen auf der Parkbank, son armer Obdachloser." Die Viere gröhlen, danne schweigen sie.
Christian:"Doas eenzige, worauf ma haite in unserer schlesischen Oberlausitz noo stolz sein koann sejnn unsere EishockeyCracks in Weißwasser. Der Mehlbrot , der Arsch, der hottn Ratsch an der Dattel. Erklärt vor vasammelter Mannschaft, Mißbrooch von Staiergeldern, Roob, Diebstahl, Unterschlagung, doas sejnn nur Reibungseffekte, sowas käme in jeder gutten Marktwirtschaft vor. Der Arsch! Ieh bin ja imma n Feind des Systems gewäsn, aba was sich die werten Bonzen heute so oalles in die Tasche stecken, do ging es bei der Korruption zu DDR-Zeiten um lächerliche Beträge. Wenn ieh doas oalles, woas Gharboim hier in Gerrlitz und die ZDU in der goanzen DDR angerichtet hott, so säh, do wünsch ieh mir manchmol unser DDR-System zurück."
Maxe:"Christian ieh koann dich treesten. Weeßte du, als was der Tag des Beitritts Polens zur EU für die Polen in Zgorzelec gilt? Een Trauertag. Bei den Feierlichkeiten auf der Altstadtbrücke, do gab es nur Daitsche, Polen waren nieh zu sähn."
Hannel:"Für die Füße brooch ma urntliche Söckl. Ihr Zweeje. Schlimm, woas ma als Orbejtslose erlebt: FroonZentrum 3 Jahre tätig, Arbeitgeberin verweigert Arbeitszeugnis,
sowas ist illegal, aba doas ist FAKT. FroonZentrum ABM neuer Arbeitsvertrag beschissen nach 1 Monat zu wenig bezahlt, Arbeitsamt informiert, hoab Geld voll gekriegt."
Christian:"Nu, du hoast die Fresse uffgemacht."
Hannel:"Da heert bei mir Scheiße auf zu riechen !"
Christian:"Nu ähm ! , soag ieh ock! Nailich bin ieh beim AAmt. Termin. Iche und Maßnahme."
Hagar:"Kenn ieh, wollen se mich jetze oo wieder reinstecken."
Christian:" Ieh hoab noo imma Orbejt gefunden. Een Haufen Polen do . Billige Orbejtskräfte ohne Versicherung oder was? Iche dotte hin zu der Trulla, so ne Jungsche, und erzähl ihr n bisl von eener Fraindin Magoscha, du Hagar kennstse ja, von unserem Daitschen ArschAmt vermittelt an die berühmte Kneipe De Bello Gallico ohne Versicherung, danne De Bello Gallico in Jakobstroaße geschlossen

und runter an Neiße doas berühmte Hotel geöffnet. Nur Polen und Polinnen orbejten do. Ieh frag se, ob doas munter so weiter geht, doaß die Leute ohne Versicherung orbejten und ob doas hier jetze een Polnisches Orbejtsamt geworden ist."

Hagar:"Du, ieh kenn n Haufen Polen, die ohne Versicherung hier orbejten. Doas ist normol."

Christian:" Soagt die Ziege ock glatt, ob ieh was gän Ausländer hoab!"

Maxe lacht:"Daitsche Routine. Den Daitschen Reichstag hoammse von billigen illegalen Polnischen Orbejtskräften machen lassen, bis es 97 aufgeflogen ist. Welche Partei war do in Bonn am Ruder? Gell, unsere geliebte Christliche ZDU, nieh?"

Christian:" Und jetze doas große Treffen zu Weihnachten Januar vom Opernball: der AAChef Nakel, der TheaterChef Vila und Bürgermeister Paoli."

Hagar:"Menschenliebe raushängen lassen zu Weihnachten."

Hannel:"„Nu nu, ja wenn der Vila den Paoli nagelt." Alle lachen.

Maxe:" Paoli ist StaatsChef vom Unabhängigen Korsika vor der Franzeesischen Invasion."

Christian:"Und danne die Spendenaufrufe im Daitschen Farnsiehn! Es kotzt. Als gäbs hier bei uns keene Bedürftigen Daitschen."

Hannel:"Dieta-Thoma Sheck. Seit der diese Spendenaufrufe macht, ist er in sennem goanzen Wert, den ieh von ihm hotte, zersteert."

Christian:"Transparenz brooch ma. Wenn Hilfsorganistionen systematisch eenplanen, doas een Großer Teil der Spendengelder sowieso in dunklen kanälen auf nimmer Wiedersähn verschwinden, danne iss doas Betrug an der Gesellschaft, die für Hilfsprojekte spendet. Danne noo zu soagn, doaß ma ruhig weiterspenden soll, weil ja een paar Euro ans Ziel kommen, doas ist zynisch."

Maxe:" "Ärmelkanal untertunnelt. Sieht ma von der ISS aus. Open Skies. Und frühere Generationen hoamm sich bekriegt, dabei sähn die Sowjets jeden QuadratZentimeter in Usa, do hott ma danne lieber glei die Granzen ufgemacht. Und den ZivilZieleTerroristen Harris ehrt die Queen. Der Terrorist hott een Denkmal am Trafalgar Square.

Christian:"Was? Harris? Ach den BomberHarris. Ja, denn kenn mir Daitsche. Ieh lad aich een. Nu, wern mer amol doas Zaich zammrechnen", steht auf , nimmt den Taschenrechner von der Theke und zeigt ihn den andern stolz:"Made in DDR."

17.Dezember: Angelus III.AdventsSonntag PapstBüro Früher Morgen Sonntag:
Papst:"Verkäufer aller erdenklichen Suchtmittel versprechen künstlich Paradies der Falschheit sprich Wirklichkeitsflucht wie Selbstbehauptung, Erfolg, Vergnügungen, Konsumdenken, Rauschzustände .."
Gerson fuchtelt elegant mit einer imaginären Zigarre, tut so als würde er genüßlich rauchen, fuchtelt plötzlich wie ein irrer mit den Händen mit starrem Blick nach oben, Mime, sich am GeldSegen zu berauschen.
Papst:"Danke, äh .. , indem die Wohlstandsgesellschaft diese Falschheit als erstrebenswert definiert."
Gerson ergreift das Papierbündel vom Schreibtisch „Und .."
Papst unterbricht mürrisch:"Und ICH mach weiter: In Syrien befinden sich Irakische Flüchtlinge zu HundertTausenden." Papst mit traurigem Gesicht. Er schweigt.
Gerson liest laut vor:"Auf deutsch und polnisch: Dies ist der Sonntag Gaudete .."
Papst winkt ab.
Papst:"Nicht vorsagen!" Gerson nickt wohlwollend.
Papst weiter:"Schließlich werde ich den Kindern u Jugendlichen aus Rom danken, die mit ihren Familien und Erziehern gekommen sind, um ihre Bambinelli segnen zu lassen, die Figuren des Jesuskindleins für die Krippen zuhause, in den Schulen und Oratorien."
Gerson:"Grüßen: Pilger italienischer Sprache, insbesondere die Gläubigen aus der .."
Papst:".. Gemeinde »Santa Francesca Cabrini« in Rom, den vor 70jahren gegründeten Basketballverein von Cantù, das Personal des Krankenhauses »San Giuseppe e Melorio« aus Santa Maria Capua Vetere, .. und.."
Gerson:"die .."
Papst unterbricht, weiter:"Teilnehmer der Akademie »Nuova Ellade Italia«, die den historisch-folkloristischen Umzug organisiert, und der Kulturverein »Per una speranza in più« aus Verona."
Gerson:"Verona."
Papst:"Der Basketballverein veranlaßt mich, mir die UsaKultur ohne Basketball vorzustellen. Was meinen Sie, Gerson?"
Gerson will was sagen, der Papst aber unterbricht ihn schon vorher.
Papst:"Mir scheint es, als sähe die USA sich dazu auserkoren, in der

Welt zu verkünden, daß sie einen direkteren Draht zu Gott hat, als bräuchten sie nur den Telefonhörer in die Hand nehmen .."
Gerson unterbricht den Papst:" Ach, das erinnert mich: Begrüßung der Gläubigen Firmenmitarbeiter von Ytalya Telephön."

Berliner Straße:
Gerrlitz 17.Dezember , 3.Advent:
Beide Wandersgesellen im Chor:"Hey Wandersgeselle!"
Heftiges Händeschütteln
Maxe:"Grieß dich Christian!"
Christian:"Grieß dich Maxe!"
Maxe:"Hastes geheert? De Pa ..!"
Christian:"Nu nu. De Papst kummt! Ieh kriegn Roappl wän de Politiker und jetze kummt de Greeßte vun olln."
Maxe:"Ma janz sachte. Mer sejnn ock zivilisiert."
Christian:"Komm ocke! Mennderhoalben flüchten mer. Geht doas in denn Nischl nei: De OberFatzke kummt. Mitm PolitikerWirrwarr kennt ieh fuchtch werden. Und nu de Popanz von de Katholiken."
Maxe:"Ma muß ock behutsam die Politik analysieren."
Christian:"Wän d Stasi nur noo wispern, Meenungsfreiheit, Farce, wenn wa mitm Denken den Reichen a de Quare kummt."
Maxe:"Quängel nieh so."
Christian:"Iche? Sichtes Pack! Wie sich die Herrschaften rimflätzen im Daitschen Reichstag auf ihren Oarschsesseln."
Maxe:"Sich die Rente mit ihrem Oarsch verdienen. Machens wie die Prostituierten."
Christian:"Nöj Nöj, do mach ieh nieh mit. Doas geht übern Hutrand! Is ma noo nieh amol im Schlesierland sicher vorm Papst!"
Maxe:"AdventsScheiße UND Papst?!"
Christian:'"Doas ist zu viel. Do bleibt uns nur die Flucht."
Maxe:" Schon wieder Flucht aus Schlesien."
Christian wie Schulmeister mit erhobenem Finger:"Doas Gepäck nieh vergessen tun!"
Maxe:"Woas? Is ja klor: Wanderschuhe, WanderRucksack,..äh, noo was?"
Christian wohlweislich wie een Schulmeister:"Die Wanderslust , Wichtigste Vokabel für Pfadfinder. Und? Die WanderLieder! Die geheeren zur Wanderschaft."

Beide flüchten:
Beide singen:" Doas Wandern ist des Müllers Lust .."
Christian:"Nu nu. Diesmol keen Urbi et Orbi. Aba ieh frai mich ock immer so auf Urbi et Orbi!"
Maxe:""Der muß schon aufm Weg sejn. Mir müssen flüchten. Bloß wech jetze."
Christian:"Also ieh will von der goanzen WeihnachtsLügerei reen gor nischt sähn und heeren."
Maxe:" In die Wüste müßte ma gähn kennen."
Christian angeekelt:"Nur wech !"
Maxe:"Mir müssen unsere Rucksäcke packen."
Christian:" Morgen früh is Abmarsch!"
Maxe:"Müssen ma beizeiten ufstähn."
Christian:"Ja isses denn die Meeglichkeit! Mir kommt die Erleuchtung! Es is gor nieh meeglich, srumzumährn. Unmeeglich die Schlamparei, bis in die Puppen schloofen. Nej Nej. Mer macha glei derheeme, Also ExpeditionsWanderAusrüstung holen!"
Maxe:"Wanderschaft. Ieh hoab eene Vision."
Christian:"Bis danne."
Maxe:"Bis Danzig."
Beide Abmarsch.
Beide merken, doas sie was vergessen haben.
Beide im Wanderchor:"UhrnVagleech." und gucken auf ihre nackten Handgelenke, die nur von eener imagineeren Armbanduhr geziert werden.
Christian:"Um Achte hoab ieh noo im Bettl geläjn. Jetze hoamma um Naine. Um Zähne kenn ma uns treffa, nu bessa um Ölwe, mittch um Zwölwe geht oo, obwuhl, do mach ieh Poose, nu danne um Dreeje , bessa wärs um Viere oo.., mir treffen uns in", guckt auf sein Handgelenk ohne Armbanduhr, dann mit nach dem Sonnenstand suchendem Blick zum Himmel," in Kürze!"
Maxe:"Abgemacht."
Christian:" Packen mir unsere Sieben Sachen. Nur wech von diesem ScheißKrampf !"
Maxe:"Und d Proviant ?"
Christian:"Proviant? sejnn ock eegentlich die Froon zuständig. Ieh werd die Hagar bitten .."
Maxe: "Bring amol was mit !"
Christian: " Ju ju, nee nee, mach ieh."

Die BP hat wegen des spontanen PapstBesuchs an den Stadtgrenzen schon Barrikaden und Passkontrollen errichtet. Die beiden hauen sich heimlich aus der Stadt raus. Der Weg führt auch über den Bahnhof.

Christian und Maxe treffen sich und ab aufn Bahnhof mit Gepäck, wirkt wie ne ReinoldMessnerExpedition. Christian hat sich zur Verabredung mit Maxe verspätet:
Christian:"Ieh hoabn Knast ! Ieh hoabn bisl verwusselt."
Auf ihrer Flucht ist die Thermoskanne mit Kompass ihre stete Begleiterin.
Maxe: Mensch Meier ! Proviant brooch ma oo. Aba woher nähm wenn nie stähln?"
Christian:"Die Frage ist goanz scheen knifflig. Wo kriegen mir Fressen her?"
Maxe:"Wo ist die Hagar?!"
Christian: "Wennse die Menarche hott! Froon!"
Maxe:"Keen Verlaß auf die Weiber,. Typisch!"
Auf Bahnsteig laufen die 2 suchend hin und her, gucken dann an den Fahrplan. Beide: :"Ja und wo is er?"
Plötzlich erinnern sich Beide im Chor, und Christian registriert resigniert:"N´Zug nach Moskau gibts ja gor nimma. Den gabs bis 1995."
„Doas PapaMobil aus Rom kommt an!" brüllen Menschen, einige, viele, eine ganze MenschenMenge, eine ganze Jubelnde MenschenMenge, viele rufen verzückt:"Da Papst wird jädn Oogenblick komm!"
Doas gibt Beiden zu denken. Beide wieder raus aus Bahnhof. Mehr Polizei als sonst unterwegs.
Christian:" Polente. Mir hoamm nur zu Fuß ne Schanx."Und sie gelangen an den Oberen Bergrand des Künstlichen Talkessels
Christian, der Leiter der Expedition, voll Glück nur noch wenige Schritte vom Ziel entfernt, fröhlich und berauscht:"Und hier hoamma n Bestdorfer See! Den See hamse erfunden: Doas ist die greeßte Farce Schlesiens. N Viertel des Sees geheert zu Sachsen."
Maxe:"Der Riesige Mühlteich in Schlauroth beim Postamt, wo jetze nur noo der massive Schuppen von der Mühle an der Bushaltestelle steht, den goanzen Riesigen Mühlteich hamse weggemacht. Der ging vom Schlesischen Postamt nach Süden zur Landeskrone bis zu Scheenfelders n Feldweg hoch. "

Christian:"Nu nu. Und dafür setzense heute n Bergbau unter Wasser."
Maxe:"Doas isne Logik. Wenn der Prophet nieh zum Berg kommt, kommt äbn der Berg zum Prophet. BergeVersetzen. Na doas koann die ZDU. Immerhin hoamm mir können Sohland und den halben Rotstein behalten"
Christian:"Nu äbn, wenn die Leute schon nieh von selbst zur ZDU kommen, danne kommt der Berg äbn zu ZDU. Wengst die Scheenere Hälfte vom Rotstein hoamm mir können behalten. Unser Schlesierland äbn."
Sachkundiger Blick über den gesamten Bestdorfer See." Hilft nur umn See rum, in Wald rein und Richtung ab nach Sachsen."
Maxe:"Woas?! Mir Schläsjer flüchten nach Sachsen. Warum denn doas?!"
Christian Schulterzucken Blick zum Himmel:"Die Heehere Gewalt"
Beide Abmarsch.
Aber beide schon nach wenigen Schritten innehaltend am Bergrand von SchlesischPreußischKleinNaindorf angelangt sehen sie südwärts über den goanzen sogenannten Bestdorfer See: Ringsrum fahren d PolizeiStreifenwagen im SchrittTempo wie bleede.
Beide gucken abwechselnd durchn Feldstecher:

Christian:"Was isn doas? Manöver?"
Maxe:"Polizeischule Verkehrskindergarten wie an a JakobusKathedrale."
Christian:"Kathedrale? Die greeßte Katholische Kerche isses. Und mir tun een´ Schlesischen Bischof für die Schlesische OberLausitz hoamm, also oalles was Rechts der Spree liegt. Aba Kathedrale?"
Maxe wie selbstverständlich:"Wo n Bischof is, is ne Kathedrale."
Christian:"Ieh hoab nieh studiert."
Maxe auf die Kinderfahrschule zeigend:"Die do unten oo nieh."
Christian:" Mit denen nehmen mirs schon lange auf. Mir müssen nach AltLeschwitz. Andere Seite vonner Zittauer Landstroaße. In dem Kaff sejnnnmer sicher. Dotte is Frieden."

Weinhübel, schon in Bronze- und Eisenzeit besiedelt, liegt direkt am Wasser, an der Lausitzer Neisse. Als Weinhübel vor 100Jahren noo zu Schlesien geheerte hieß es Leschwitz-Posottendorf rechts und links der Neiße, ein ganz kleines Bauernkaff vor den Toren der Metropole

Gerrlitz, der Reichsten Stadt des Daitschen Reiches und logischerweis auch Schlesiens, wo sich die Reichen des Schlesischen Bergbaus ihre Villen bauten und nur mit Mitleid auf das Ruhrgebiet gucken konnten. Zu Bedeutung kommt Leschwitz-Posottendorf erst durch das SALager 1933 dadurch, daß Nazis schon Mitte März 33 ihr SAPrügelLager im Braunen Haus in Gerrlitz Altstadt nach Leschwitz verlegen, am 30.August 1933 schließt das Lager nach Protesten von Gerrlitzern. Leschwitz hat wegen des Lagers einen schlechten Ruf. Die PR-Agentur der Gerrlitzer Nsdap hat daraufhin die glorreiche Idee einer Umbenennung in Weinhübel für das OlympiaJahr 1936. Ab 1945 geteilte Städte. Ost-Weinhübel/Posottendorf heißt nach 1945 Polnisch: Lasowice. Als Gerrlitz nach dem Krieg unverständlicherweis pro forma nach Sachsen gewandert war , kam man verständlicherweise, weil dort immer noch Schlesier wohnten, auf die Idee, das kleine Weinhübel in eine große Wohnstadt zu verwandeln, eine der großen WohnStadtteile der 101.500Einwohner IndustrieMetropole Gerrlitz in der DDR. Das klitzekleine Leschwitz ist das klitzekleine Leschwitz geblieben, die ZDU zählt es aber heute zu den Blühenden Landschaften des Aufschwungs Helmut Kohls, entweder, um die DDR zu leugnen, Pardon, oder nennt es nostalgischerweis wie auch immer, vielleicht auch, um an Hitler zu erinnern, Alt-Leschwitz. Wahrscheinlich ist jener Grund unumstritten, daß nämlich hier an der Lausitzer Neisse die älteste Kirche von Weinhübel steht. Hier finden wir unsere Wandersgesellen wieder:

Maxe:"Wie weit isses denn noo."
Christian:"Mir sejn glei do."
Maxe:"Sieht sich um:"Doas is ja Eenöde."
Christian:"Nee, doas ist sicher."
Maxe:"Aba mir müssen nach Polen. Guck amol hier is Landstroaße."
Christian:" Nu Äbn."
Maxe:"Vielleicht kommt er hier entlang."
Christian wohlweislich mit erhobenem Zeigefinger wie Schulmeister gewinnend grinsend sich zu Maxe drehend:"Doas isses ja gerade. Wenn er hier mit seinem PapaMobil durchkommt, danne wird er nieh ahnen kennen, doas mir uns hier verstecken. Na gutt. Du hast recht. Ab nach Polen."

Beide wandern nach SüdOsten und überschreiten so umständlich, wie

es nur geht, illegal den legalen Grenzübergang: Erst hauen sie sich auf BRDseite in die Wiesen, dann stehen se wie der Ochs vorm Scheunentor vor der Neiße, die hier nur ein kleiner aber reißender großer Bach ist, und entschließen sich dann, die Eisenbahnbrücke, über die der südlichste Gerrlitzer Stadtteil Nikrisch, heute Hagenwerder mit Polen verbunden ist, zu überqueren, und schlagen sich am anderen Ufer wieder auf die Wiesen:
Christian frohgemut:" Jetze sejnn mir in Polen, hier koann nischt mehr schiefgähn."
Die beiden singen :"Doas Wandern ist des Müllerslust .."
Christian frohgemut nach Norden grob gesehen wieder nach Gerrlitz zeigend, wo sie gerade hergekommen sind:"Mir machen nach Ossijek Lusitzky Wendisch Ossig zum Sorbischen Heimatverein."

Im heute Polnischen Ort angekommen stellt Christian fest an einem Zettel lesend, der an einer Haustür angebracht ist:"Der hott aba geschlossen", guckt lesend nochmal auf den Zettel," seit Januar 45."
Maxe keuchend:"Woas? Und jetze?"
Christian:"Jetze hilft uns nur noo Krzevina Zgorzelecka."

Sie singen:" Doas Wandern ist des Müllers Lust .."

Augenblicklich rammelt ein Jubelnder PapstFanClubSonderzug gerammelt voll voll mit berauschten Wallfahrtsmassendemonstrantinnen, hübschen Mädels und singend Tschechisch, Daitsch und Polnisch von Zittau und Krzewina Zgorzelecka heran und diese selige Eisenbahn Richtung Papst Gerrlitz auf die beiden zu. Die Eisenbahn hält plötzlich an. Die beiden Männer werden von hübschen Mädels mit AlohaBlumenkränzen eingefangen und, wie sollte es anders sein, mitgerissen. Der Zug setzt sich wieder in Bewegung und gewinnt an Geschwindigkeit. Nur der Umsicht der erfahrenen Wanderer ist es zu verdanken, als dennoch der Zug wegen einer auf den Gleisen ungestört äsenden Gruppe Rehe selbstverständlich anhält, ein Zeichen Gottes, und die Massendemonstranten in Trance fallen, doaß die beiden Flüchtlinge ins rettende Naß der Neiße springen, um am Bahnhof Gerrlitz nieh vom Regen in die Traufe zu fallen.
Ungeschwächt flüchten die 2Wandersgesellen in den nächsten Graben, um von den Wallfahrtenden nieh gesehen zu werden.

Christian flüstert verbissen frierend:"Mir machen ab in den Himalaya, nur noo do kennen mir sicher sejn."
Maxe flüstert verbissen frierend zurück:"Die Stroaßen sejnn dicht, ieh bin nieh goanz dicht, do werden Bahnhof und Flughafen Gerrlitz mittlerweile oo dicht sejn. Is ja logisch."
Christian:"Aba mir müssen weg. Die derfen uns nieh kriegen."
Maxe:"Sieh doas ock amol janz locker."
Christian verzweifelt:"Wennse uns kriegen, muß ieh dem Papst die Füße küssen!"
Maxe:"Du hast mich überzeugt."

Die Rehe haben sich entfernt, die Wallfahrer haben sich in den Zug begeben, der Zug setzt sich in Bewegung, nächster Halt Hagenwerder in 200 Metern. Der Zug entfernt sich. Der Zug ist verschwunden. Die Luft ist rein.

Ungeschwächt setzen die beiden ihre Flucht fort.
Christian wütend:„Und laß mich mit der Eisenbahn in Frieden! Die Flucht geht nur zu Fuß."
Maxe:"Abstimmung mit den Füßen."
Christian:"Abwanderung mit den Füßen. Wenn schon."
Schon lachen sie wieder.
Christian:"Und Abmarsch. Die Lausitzer Wandergruppe "Wolfsgeheul" auf Wanderschaft im Schlesierland. Und ungetrübt und ungeschmälert ihre Wanderslust singen sie:"Doas Wandern ist des Müllers Lust", und kommen so den Weg, den sie gekommen sejnn zurück in die BRD. Wieder führt ihr Weg , wie sollte es anders sein, zufällig über den Bahnhof:
Eine unverminderte MenschenMenge füllt Bahnhof und Gleise. Von Wallfahrern mitgerissen werden sie die Treppen rauf zu den Bahnsteigen gerissen, und die Leute toben und rufen alle mit wildem Blick:"Doas PapaMobil aus Rom kommt an!" Und wahrlich erst jetzt kommt der Zug der Züge, jetzt erst wirklich, doas Heil ist nah.
Draisine steht unbeachtet auf einem Gleis, die beiden sehen sie.
Christian entschlossen:"Mir mit Draisine auf Gleis nach Moskau!"
Ein Mann ein Wort, 2 Männer 2 Worte: Maxe:"Juchee Juchee!"
Die 2 Wandersgesellen mit Draisine auf Gleis, sofort als Papst mit PapaMobilZug aus Rom angekommen ist, machen sie also mit Draisine weg Richtung Moskau. Aber die Draisine bleibt irgendwann

am Stadtrand hinter Zgorzelec stehen. Die Gleise werden von immer mehr Gestrüpp und Sträuchern überwuchert, so doas kein Fortkommen mehr ist. Christian:"Vafluchte Scheiße!"
Sie suchen verzweifelt im Gestrüpp wohin doas Gleis führt, und plötzlich stellen sie fest, doaß doas Gleis einfach endet, do hott ma die Gleise herausgerissen, lose Schwellen liegen weiter im Gestrüpp.
Maxe:"Da is ja gor keen Gleis mehr. Do ist ja nur Eisen."
Christian wie Schulmeister den AchteFinger hebend wohlweislich:"SchrottEisen. Dieser Schrott ist heutzutage wertvoll! Tun mer was mitnehmen? Doas uns bluß keener sieht!"
Maxe aus der Hautfahrend verzweifelt:"Und laß mich mit dennen Eisenbahngleisen in Frieden! Oalles nur wän dir!"
Christian sich ereifernd:"Also, doaß doas Gleis nimma in Ordnung is, konnt ieh ock nieh wissen!". Sie singen einfach und wandern:"Doas Wandern ist des Müllers Lust", und wieder rüber in die BRD. Diesmal gelingt die Flucht. Sie befinden sich auf der Daitschen Seite im Stadtinnern und spazieren zufrieden in ReinholdMessnerExpeditionskluft an der Neisse und dem Naien Fußgängersteg namens Altstadtbrücke entlang. Währenddessen ist im Stadtzentrum Polizei und Daitsches Militär aufmarschiert. Zumal machen Daitsche ZollBeamte die 2 Wandesgesellen nervös. Doch die Daitschen ZollBeamten interessieren sich nur für Leute, die von Polen nach BRD kommen und sonst niescht. Kurzes Aufatmen. Plötzlich Grüne Polizeistreife mit zwei Uniformierten Grünen Polizisten in Grünem Audi rollen von De Bello Gallico Hotel Uferstroaße langsam zur Altstadtbrücke.
Funkspruch:"2 Vadächtige Subjekte gesichtet. Nehmen Vafolgung auf. Kontrolle, Personalien, doas übliche Gelaber .. Vastanden."
Christian:"Die Stroaßenförster, guck amol Polypen, die kennen eenem leidtun. Bei dem Wetter, und nischt zu tun."
Maxe:"Woas Wo Wen meenste?"
Christian:"Die, die auf uns zukommen."

Ma soll nieh über die teuren Taxis lästern. Wenn ma se brauch, sejnnse da. Unsere 2 Wandersgesellen erinnern sich an 110 Polizeiruf, nehmen die Beine in die Hand zum Taxi Anfang Hotherstroaße, und rein, Beide im Chor:"Drück uf de Knöppe!"
Taxifahrer hoch in den Rückspiegel grinsend:"Doas wollt ieh schon immer."

Die verdutzten Jägergesellen gucken sich an, und dann nischt wie in ihren Audi und hinterher. An der Altstadtbrücke beginnt also die Verfolgungsjagd. Nach Stadtbesichtigung und einer Umrundung von Gerrlitz kann doas Taxi die Polizei abschütteln und läßt die 2 wieder an der Hotherstroaße/Altstadtbrücke raus. Die 2 Wandersgesellen bezahlen sowohl und geben als auch Trinkgeld mit Erdnüssen.
Taxi verschwindet.
Christian:"Mir machen jetze, was die Polizei niemols erwarten würde."
Maxe:"Was? Wieder Eisenbahn? Nach Süden? Rüber nach Polen? Nooamol doasgleeche wiederholen?"
Christian:"Gutt kombiniert Wandersgeselle. Aba nee, noo besser: Mir machen genau in die andere Richtung: doas heeßt Norden und zum Scharfrichterhaus, doas ist außerhalb von Gerrlitz, und do tun se sich nieh hintrooen."
Die 2 siegesgewiss jetzt Richtung Norden und tingeln die Hotherstroaße zur NikolaiKerche und dann an der Kirchmauer den Berg hoch durchs Stadttor. Dahinter ist doas Scharfrichterhaus: Hier wurden zur Zeit, als Schlesien und die OberLausitz noo dem gutten Böhmischen König Ludwig II bis zum Einfall der Türken also Böhmen geheerten, die Verbrecher hingerichtet, denn Verbrecher geheerten nieh in die Stadt, und die Verbrecher hott ma dann auch, wenn überhaupt, außerhalb der Stadtmauer begraben.
Christian siegesgewiß vor der Pforte:"Dieses Mittelalterliche Hoos müßte vollkommen leer sejn. Mer tun übers Tor steegen, hinten gibt's ne Tür, die hoamma aba usgehängt, damits scheen lüftet. Do könn mar reen. Mer sejn glei drin. Guck amol wie scheen doas geboot iss, do hoab ieh selba mitrenoviert. Haha. Du, hier vabring mar unser Exil."
Beide lachen giftig.
Maxe fröhlich:"Goanz mucksmäuschen still hier. Doas Hoos steht leer, nu?"
Christian:"Nu nu. Na, gucke amol, was doas fürn scheener Eisenring ist. Ma kennt meen, der is Made by Karl dem Grußen."Christian guckt lustig und weist mit dem SchulmeisterFinger über beide Backen grinsend verschmitzt zur Türe, „Da hinein!"
Beide kichern in der Eiseskälte.
Christian im Anflug ironischen Wahns :"Wulln ma sähn, ob jämand derheeme iss," pocht an die Mittelalterliche Haustür. Die Tür öffnet sich, aus dem Innern dringt tobender Lärm einer Jugendherberge,

eine Nase schiebt sich durch den Türspalt, ein Gesicht, ein Mensch, eine Wallfahrerin:"Kommt herein Jungs! Gelobt sei Jesus Christus. Der Papst ist da. Oalles wird gutt."
Den 2 Wandersgesellen bleibt geistesgegenwärtig der Mund offen stehen, Christian entschlüpft ein männlicher Rülps, ein röhrender Hirsch ist niscut dagegen, Christian:"Entschuldigung, mir sejnn von der Wandergruppe ausm Bayrischen Wald. Hier geht's ock nach Zittau ins Gebirge, nieh?"
Wallfahrerin:"Och, doas trifft sich aba gutt, doas is " und sie zeigt mit ausgestrecktem Arm zum Stadttor ins Stadtzentrum,"genau Richtung Bahnhof, „Wenn ihr Glück habt, trefft ihr den Papst auf der Berliner Stroaße."
Christian laut und fröhlich:" Habt Dank und Gott zum Gruß!" wendet sich zum Stadttor und winkt dem Maxe, laut fröhlich rufend
Christian:„Komm Wandersgeselle! Welch een Glück ist uns beschieden!"
,beide sich wie auf der Bühne unter dem Arm nehmend und gemeinsam gen Süden zum Stadttor tanzend singend laut:
Maxe:"Inse Heemte Bayrscher Wald hernieden",
Christian:"Glauben werns die Kinder nicht",
Maxe:"Die Alten nieh minder mit der Gicht", sie nehmen sich am Arm und tanzen wie wild Ringelrein, während dieWallfahrende weiter fröhlich und zustimmend nickend den beiden hinterherguckt,
Christian:"Wie ma uns mit Herzensgüte",
Maxe:"Doas Glück gepriesen",
Christian:" und ufs Seelenheil erpicht uf dän richtschen Weg gewiesen."
und langsam die Türe schließt.
Die beiden bleiben, wieder unter dem Stadttor angelangt, stehen.
Christian verbissen grimmig:" Kommando zurück!"
Maxe wendet sich zur Stadt nach Süden."
Christian wohlweislich wie Schulmeister mit HabachtFinger:"Doas Scharfrichterhaus steht ausnahmsweis am heutgen Tag im Zeichen der Wallfahrt und ist", die Worte mit Kopfschütteln unterstreichend, „dadurch für eenen geheimen Unterschlupf ungeeignet."
Maxe:"Doas meechte ma annehmen."
Maxe will zur Stadt rein, aber Christian reißt ihn im Arm mit sich in die genau entgegengesetzte Richtung.

Sie wenden sich wieder vom Stadttor ab nach Norden:
Christian barsch:" Also weiter übers Feld zur Naigasse."
Abmarsch, weiter zu Feld und Wiesen, man glaubt, die Ordnungskräfte abgeschüttelt zu haben.
Christian:"Und jetze? Wohin jetze uf weiter Flur?"
Maxe:"Dumme Frage. Keen Usweech us de Plage."
Christian:"Drum lauschet ufde WanderSage! Laßt die Wandergaloschen entscheiden."
Und so tragen unsere Wandergaloschen unsere 2 Wandersgesellen auf weiter Flur in Winterkälte, sie spazieren und wandern auf der Flucht und singen:
„Doas Wandern ist des Müllers Lust"
und mockieren sich über die Fahndung der Polizei.
Die ReinholdMessnerExpedition strebt zum nächsten ScherpaLager.
"Zur Neisse" erschallt der Gesang der Wandersgesellen,
Christian:"Gerrlitz/Niederschlesien tut ma heut soan."
Maxe:"Gerrlitz/liebes Schlesien klingt viel besser."
Christian:"Zur Scheisse! Nee, nieh so urdinär: Nach der Wende heißt doas Gerrlitz an der Scheisse, Pardon ! Nee, doas heeßt ja Gerrlitz/Scheisse."
Beide lachen grimmig in grimmiger Winterkälte.

Über die Rothenburger Straße und Tischbrücke rein an die Neisse, Grundstücke, keen Weg, Sackgasse, wieder zurück an die Straße. Die beiden glauben sich seit Verlassen der Stadtmauern gerettet. Aber scheinbar Polizei hinter ihnen her. Ein grüner Geländewagen rast an Ihnen vorbei.
Maxe:"Nu, d BGS, ieh wünsch aich ne scheene Adventszeit."
Christian schulmeisterlich:"Doas heißt jetze nimma BundesGrenzschutz, sondern BundesPolizei, abgekürzt BP."
Maxe:"Woas! BP ?! Doas ist ja wie BUNDESPOST!"
Maxe brüllt vor Lachen. Beide platzen vor Lachen.
Christian:"Haste amol ne Apfelsine?"
Maxe:"Klor."
Beide schälen in Winterkälte WeihnachtsApfelsinen.
Christian:"Mir flüchten weiter nordwärts, nur wech!"
Abmarsch.

Plötzlich ist PapstEskorte da, ist bisl vom Weg abgekommen. Der

Papst kurbelt die Scheibe runter und fragt KatholischChristlichUmgänglich die Einheimischen Zwei:"Gott zum Gruß! Wo geht's denn hier nach Gerrlitz?"
Christian in Ehrfurcht:"Ieh bin goanz vawandert, euer Hochwürden. Also", guckt auf ThermoskanneKompaß und weist den Papst und Eskorte den Weg:"Dotte im Süden", zeigt verwundert zur Autobahn, „is schon der Stadtrand."
Christian:" Und immer links halten, immer an der Neisse, doas ist die Uferstroaße. Und schon sejnnse mittendrin in Gerrlitz."
Papst:"Gelobt sei Jesus Christus. Gottes Segen auf dich, mein Sohn."
Papst und Eskorte ab. Die 2 Wandersgesellen flüchten weiter. Nun wollense Kaffee, is alle, kommen nur noon paar Eisstückchen raus.
Christian bestürzt:"Kompass is ja eengefroren!"
Maxe vorwurfsvoll:"Mecht wissen, wo du n Papst hingeschickt hast!"

Papst und Eskorte fahren weiter:
Papst:"Schlesien. Ein herrliches Land ! Und die Leute so freundlich."
Eskorte in Dresden:
Fahrer schwitzt, beruhigend zum Papst:"Mir sejnn glei do."
Eskorte drehen um und wuseln, christliche Lieder singend, ohne es zu merken, über die Neiße und sejnn plötzlich in Bunzlau/Boleslaviec.
Papst:"Da gibt's doch diesen Hildebrand, und ne Irrenanstalt."
Fahrer:"Bumslau in Bunzlau."
Papst:" Nee, mir sind hier falsch. Kommando zurück!"

Flucht dramatisiert sich für unsere 2 Wandersgesellen.
Christian:"Nur wech!"
Die 2 sprinten Landstraße nach Norden. Grüner Wagen kommt Gegenfahrbahn entgegen. Aber der Sprint dieser 2 Mannsbilder erregt die Aufmerksamkeit der BP. Die BP mit quietschenden Reifen dreht und ihnen hinterher. Als die 2 doas bemerken, machen sie über Straßengraben querfeldein übers Feld bei Klingewalde. Jeep fetzt von der Rothenburger Landstraße mitten aufs Feld, 2 Grüne Männer mit Gummiknüppeln springen heraus, gelassen, als wärnse beim Zoll an der Stadtbrücke:
Kontrolle:"Nur amol die Ausweise."
BGS hält die beiden Männer an.
Polizisten mit an Hüften baumelnden Gummiknüppeln:"Kennse sich usweisen?"

Christian:"Mit Knüppeln Kunst machen koann ieh nieh, aba prügeln, doas macht warm."
Polizist wutschnaubend im Kasernenton brüllend:"Aba n bisl dalli!"
Christian:„Erniedrigung und Nötigung, eene Erkenntnis aus dem Tierreich: Der Biber baut senn Haus mit dem Schwanz."
Maxe hilfsbereit:"Also die Intelligenz anstrengen!"
Beide Bullen offene Münder
Christian:„Soag amoln Satz mit ´Dresden Heide´!" Polizist weiß nicht.
Christian sagt Lösung:"Was dresden heide die Oogen so raus ?!"
Kollege ins Funkgerät im Jeep:"Wehrkreiskommando ! Aba goanz schnell!"
Funkspruch Antwort:
„Wehrkreiskommando! Stroaße der Freundschaft. Watt jeht?"
„Hier sejnn son paar Subjekte."
„Ieh bin nur d Vatretung. Grade keena do."
„Feind greifbar. Gefahr im Vazug. Broochen Unterstützung. Schick amol doas janze Programm: n paar Männl, so ne Hundertschaft, Panzer, doas Übliche."
„Nu aba ma janz jemächlich. Ock nieh jechen. Hundertschaft is nieh. Ieh bins eenzige Männl hier. Und wejen d Subjekte gehste am besten in de VHS gibt's n Kurs Daitsch für Ausländer."
JeepMännlins Telefon:"Watt is?"
Polizist mit Gummiknüppel in der Rechten Hand brüllt:"Watt is!"zum Kollegen am Auto und starrt zum Kollegen:
Wehrkreiskommando:"War ja nurn Witz. Ieh schicks janze Jeschwader."
KontaktEnde
JeepMännl:"Se komm´."
So schafft es aber einer der beiden Wandersgesellen tatsächlich, hinter die Polizeistreife zu kommen. Für den Notfall immer eine Kartoffel dabei, stoppt die Person doas Gemüse in den Auspuff.
Trotz energischer männlicher Versuche, doas Auto zu starten und den Verdächtigen, die übers Stoppelfeld flüchten, hinterherzu rasen, schafft es die Streife noo nicht mal, auch nur 1 Meter die Verfolgung aufzunehmen. Verzweiflung
BPMann am Lenkrad brüllt tränenerstickt: "Sabotage !
Terroristen !"
Funkspruch:"is do s Wehrkreiskommando!"
„Watt jeht?"Y

„Is dos Wehrkreiskommando?! Vaflucht nooamol! Hier sejnn Terroristen!"
WehrkreiskommandoBeamter nimmt Hörer vom Ohr, guckt die OhrMuschel an, plötzlich Verständnis in seinen Augen,SprechMuschel wieder an Gusche:"Woas? Ihr seid Terroristen? Doas ändert die Sache"legt auf brüllt zu den Kollegen:"Alarmstufe Rot. Terroristen. Alarm. Bodentruppen, Luftwaffe, Marine, Feind in Sicht!"

Während BPJeep nicht anspringt, machen sich die 2Männl auf die Flucht nach Norden:
Christian:"Ab nach Klingewalde, do gibts n Wald, do iss jetze Hundestall. Do vakriechen mer uns."
Von weitem schon sieht man doas Militär heranwimmeln
Christian:"Mir müssen weiter.
BP-Leute zu Fuß hinter den beiden Männern her.
Christian und Maxe vorerst in Sicherheit hinter Gesträuch.
Christian ruckartig Einfall:" Die Tante! Mir müssen zur Tante, do sejn mir sicher !"
Sie machen sich auf. Christian weiter:" Die ist in Zodel. Do kommen mir goanz eefach über die Stroaße." Die BP ist ihnen aber auf den Fersen. In der Nacht kommen die beiden Männer an,Tante schlafwandelt auf Dach:
Klempner ruft zur Tante aufm Dach:"Angeklagter, bitte setzen! Gas , Wasser, Scheiße !"
Klempner zu Christian und Maxe:"Ieh probiers schun de janze Zeit."brüllt zur Tante aufm Dach:" Froo Krassmann! Ieh ha mie a bisl vaspätet. Is ock ne Arschkälte!"
Tante wandert sicher am Schornstein hin und her.
Maxe:"Die schlafwandelt!"
Christian:"Die schlafwandert!" Beide amüsieren sich
Polizei sieht schlafwandelnde Tante, die lenkt Aufmerksamkeit auf sich, auf die 2 Wandersgesellen: BPJeep Reifenquietschen, 5Mann mit Kalaschnikows
Klempner:"Nu, was soll ma machen? Äh, ieh bin nur auf Besuch", räumt schnell seine Maschinen zusammen, schmeißt sie in´ Lieferwagen.
Christian:"Keene Angst, mer sin nieh vom Aamt."
Klempner:"Doas soagen se zuerst alle" und gibt Gas.
BP-Bodentruppe nähert sich den Subjekten.

Christian:"Trude. Ieh bins, denn GoldNeffe."
Trude auf Dach schlafwandelnd mit schläfriger Stimme:"Tschiep, tschiep, bei mir piepts, Tschiep, Christian, wie
komm ieh nur druf? Ieh hor den Christian. Dabei schloof ieh ock bloß." BPMann:"Wasn hia los?! Mir suchen 2Terroristen,.., Kamma helfen?"
Tante wacht auf am Schornstein:"Rohrbruch in de Kamma Helfen se! Nu endlich sinse do. De Klempner. Uf Sie is Valass. Gott sei dank."BP und die 2 Wandersgeellen helfen der Tante vom Dach und löten den WasserRohrbruch.
Tante brüht frischen kaffee uf:"Noon Tässl?"
BPChef geehrt:" Danke Ja. D Käffl is ar Troom." Ganzer Trupp glücklich in warmer Bude.
Man verabschiedet sich
Christian:"Orbejt. Nischt wie Orbejt Tach und Nacht."
BPMann mit Hand an der Schirmkrempe:"Salute! Und Nischt für Ungutt!"

Sie verbringen die Nacht bei der Tante:
Christian:"Du, Maxe, mir ist doas oalles zu heiß. Mir machen jetze genau doas, was der Papst überhoopt nieh erwarten würde."
Maxe:"Mit de nächste Berliner Bahn auf und davon?"
Christian siegreich grinsend:"Warm."
Maxe:"Mittags am MeditationsGeorgel mit dem Papst in der PetersKerche?"
Christian:"Schon heißer."
Maxe ratlos, dann hat ers:"Zum Rathuus, wo er den Stadtrat segnet?."
Christian:"Goanz heiß."
Maxe:"Woas immer noo nieh. Ja was meenste denn? ... Ach: Mir trampen in den Himalaya!"
Christian:"Nee: Mir machen ab nach Italien."

20.Dezember: Mittwoch: 0.15Uhr die Papstkolonne incognito am Brenner: Gerson verschwitzt Nervenbündel, gestreßt, immer kurz vor Zusammenbruch.
Gerson:"Mir sejnn glei do. Ich hör schon die Glocken läuten."
Papst:"Bei Ihnen piepts wohl. Na, Gerson, und Sie meinen wirklich, Sie können die ganze Nacht fahren?"

Gerson:"Rischtisch!"
Papst:"Dann gebe ich mich in Gottes Hand."
...
In Rom:
PapstBüro:Krisenstab:
„Was sagen wir, wenn Benedikt nich kommt?"
„Die Zeitungen sejnn voll von der heutigen Generalaudienz."
„Draußen stehen die Journalisten. Was sagen wir denen."
„Doas, was wir immer sagen."

8.15Uhr Unsere 2 Wandersgesellen am Stadtrand von Rom
LKWFahrer:"An der nächsten Tankstelle schmeiß ich aich raus."
Christian:"Hier werden mir keene Probleme kriegen."
Ariwidätschi
Also Tschüssi

Christian:"Wollen mir zum Meer? Oder wollen mir ins Stadtzentrum?"
Maxe:"Zum Meer. Och wie scheen. Oder ock lieber mitten rein, zum Circus Maximus, Gladiatoren, oder nee, ock zum Meer.."
Christian:" Der Gag wär freilich: Mir gucken uns an, wie die Generalaudienz valäuft, wenn der Dicky nich kommt."
Maxe:" Geil. Doas meecht ich sähn."
Christian:" Doas wär ja n Skandal: die Ufleesung des Vatikoanstoaats!"
Beide lachen herzhaft
Vatikan Regierungszentrum, Nebeneingang für die Niederen Angestellten. Schweizer Gardist hält Wache, rührt sich nicht, noch nicht einmal sein Blick zeigt irgendeine Regung. Putzfrauen mit Handtuch im Haar, Wischmob und Schrubber in den Händen, ein ständiges Kommen und Gehen. Christian und Maxe hinter den Mülltonnen versteckt:
Christian:"Sisste, doas wollt ich schon lang amol sähn. Die hoamm oo nur eefache Putzfrauen."
Maxe:"Meenste werklich, doaß mir do rinkumme?"
Christan:"Nu watt amol ab!"
Es gibt Aufruhr: Eine Putzfrau schimpft laut auf einen Schweizer Gardemann. Der: keine Reaktion. Daraufhin scheuert die ihm Eine. Unsere zwei Wandersgesellen erschrecken solidarisch und brechen in

Lachen aus.
Putzfrau entdeckt sie:"Buon Giorno!"
Was jetzt?
Weder Christoan noch Maxe können Italienisch.
Christian hat die Geistesgegenwart:
Er sagt:"HamHam!" und gestikuliert großen Hunger. Maxe macht es ihm gleich. Putzfrau zieht die beiden ausm Gebüsch mit ins Gebäude in die Küche. Schweizer Gardist teilnahmslos draußen am Eingang. In der Küche bekommen die beiden ein herrliches Frühstück im Stehen, Putzfrauen, ein Gehen und Kommen, von der Küche geht es weiter durch viele Gänge, die mit Putzfrauen bevölkert sind. Manche Putzfrauen schimpfen über die Gäste, denn die Böden sind frisch gewienert, und mit jedem Meter nähert man sich den Büros und den immer erlauchteren Räumlichkeiten, die ersten Sekretäre der niederen Chargen erscheinen, alles ist recht festlich. Man würdigt die zwei keines Blickes. Lautes Geschrei, ein stattlicher Herr in Schlips und Kragen mit einem noch statlicherem Bauch, schreit eine Putzfrau zusammen, die Putzfrau schreit zurück. Durch die offene Tür sieht man in einen Raum, der wohl als Wäschekammer dient, denn kirchliche Gewänder zieren die Kleiderbügel. Allem Anschein nach regt sich der Mann auf, daß seine Kutte nicht da ist. Das Geschrei gipfelt beinah in Handgreiflichkeiten, da marschiert die Putzfrau entschlossen in den Gang hinaus und zielstrebig durch die Tür ins Treppenhaus, der wütende Mann hinterher. Christian und Maxe in die Wäschekammer, schnappen sich 2Kutten und erscheinen würdevoll und besonders schweigsam, indem die sich der Prozession im Treppenhaus anschließen im RegierungsDomicil, ein großer Saal. Sie mischen sich unter die männliche Menschenmenge:
Christian flüstert:" Schnappen mir uns nSitz."
Maxe flüstert:"Iss wie im Kino, vielleicht sind die Sitze reserviert, doas gibt nur Ärger."
Christian:"Mir machen goanz vorne hin. Do is meestens frei."
Lautes Stimmengemurmel, dann wird es richtig laut:
Während unsere zwei Wandergesellen auf der vordersten Sitzreihe direkt an der Bühne Platz nehmen, schreien alle Männer durcheinander. Dann eine herrschende SingStimme: der Vorarbeiter:
Augenblicklich ist Stille. Beide blicken sich um und flüstern:
Maxe:"Sitzung ist eröffnet."
Christian:"Sieht aus wie´n Krisenstab."

Alle beten. Man hört von draußen die Journalisten. Lärm.
Stimmen aus der Mitte der Versammlung:
„Sie brechen die Tür ein." Es knirscht.
„Ist denn die SchweizerGarde nicht in der Lage . . ! "
„Monsignore Papetti, ieh möchte Sie untertänigst daraufhinweisen,
daß wir für unsere Schweizer Garde seit dem II.Vatikanischen Konzil
nur noch Komparsen vom Orbejtsamt angestellt haben."
„Mein Gott! Der Papetti schon wieder!"
Es pocht. Es pocht an der Tür zur Kantine. Ein Schauder geht über
die Gänsehäute der Regierungsmannschaft.
Es ist plötzlich muckmäuschenstill, eine Stecknadel poltert zu Boden.
Zwischen Ohnmacht und Überreiztheit hin und her schwankend platzt
der Regierungsmannschaft der Kragen:"Wir haben der Putze doch
gesagt, daß sie uns nieh so eefach stören koann", die Versammlung
spaltet sich in ein Lager des Glaubens und in ein Lager der Haderer,
die zwar energischer aber auch zweifelnder wirken, aber dafür umso
entschlossener dazwischenrufen "Man muß doch was unternehmen!"
und dann mit der Inbrunst der Eiferer die Panik mit Fanatismus zur
Vernunft bringend brüllen "Herein! Was ist denn!"
Und herein tritt der Papst
Die versammelte MenschenMenge strömt verzückt über die Sitze
stürmend und dabei unsere zwei Wandersgesellen mitreißend dem
Chef entgegen, der gemessenen Schritts aber zielstrebig der Empore
zustrebt, die nur ihm und seinen engsten Vertrauten vorbehalten ist.
Noch ehe er zu Empore kommt, kommt es zum Tumult , als sich die
Menschenleiber vor ihm regelrecht überschlagen und dann
liegenbleiben wie ein verzücktes Menschenknäuel reglos, auch Maxe
und Christian, der seine Lippen auf den Wandergaloschen des Papstes
wiederfindet. Der Papst blickt umher. Mißmutig. Sein Blick wandert
in die Nähe. Ein unbändiges dichtes Haarknäuel aus dicken
Filzsträhnen sowie eine Zippelmütz, die man auch Pudelmütze nennt,
bedecken seine Füße. Ein Lächeln breitet sich über sein durch die
Zweifel seiner ihm Anbefohlenen verfinstertes Gesicht.
Papst spricht zu unseren zwei Wandersgesellen:"Warum seid ihr
hier?"
Maxe:"Mir wullten gor nieh!"
Christian:"Iss doas jetze die Ufleesung des Vatikoanstoaats?"
Papst:"Nein. Doas ist der Beginn." Die Kardinäle fallen auf die Knie,
und alle wie im Chor:"Ein Wunder !" „Schnell, d Insignien. Wo is

denn die bleede Mütze!?"

„Ja wo sejnn denn die Komparsen!"

Papst:"Ich habe eine Frohe Botschaft aus dem Fernen Deutschland."

Die Kardinäle und Bischöfe befällt Verzückung.

Papst schweigt und sieht sich jeden einzelnen genau an. Dann sagt der Papst:"Ock nieh jechen! Janz jemächlich!"

Die Kardinäle und Bischöfe fallen über den Papst her, entkleiden ihn, duschen ihn, schminken ihn, kostümieren ihn. Der Papst erscheint. Die Generalaudienz ist eröffnet.

Generalaudienz:

Papst:"Er kam als Licht, das jeden Menschen erleuchtet, sagt der Evangelist Johannes, »aber die Seinen nahmen ihn nicht auf« (Joh 1,11). Der Apostel fügt jedoch hinzu: »Allen aber, die ihn aufnahmen, gab er Macht, Kinder Gottes zu werden« (1,12). Die Wohlstandgesellschaft bietet leichtere Wege an, das Glück zu erreichen, ein trügerisches Glück. Achten wir darauf, daß ein äußerlich prächtig geschmücktes Weihnachten alleine wenig wert ist, wenn die Liebe und Begeisterung fehlt.

Anhang:

Folgend die Ortschronik von Schlauroth, heute Stadtteil der Neissestadt Görlitz:ORTSCHRONIK

Wie Schlauroth zu seinem Namen kam:

eine recht eigentümliche Erzählung spinnt sich um die Entstehung des Namens "Schlauroth". Darüber berichtet eine alte Volkssage folgendes:

In der heißt es, daß in der Zeit, in der noch keine Städte und Dörfer die Landeskrone umlagerten, eine Schlacht zwischen Römern und germanischen Stammestruppen stattgefunden habe, in welcher die Römer geschlagen wurden. Auf ihrer Flucht durch das enge Tal, welches sich zwischen dem heutigen Rauschwalde und der Gemeinde Markersdorf hinzieht, kam der geschlagene Rest der Römer auf den Gedanken, nachts ihre Pferde verkehrt zu beschlagen und durch diese List die nachsetzenden germanischen Truppen zu täuschen. Dadurch gelang ihnen die Flucht in Richtung Herrnhut. Am nächsten Morgen stellten die Siegertruppen fest, daß die restlichen Römer-Rotten entkommen waren, weil die Spuren der Pferdehufe sie in die unwegsamen Waldungen der Landeskrone gewiesen hatten. Als sie den Irrtum bemerkten, war es für die Verfolgung schon zu spät. Seither nannte man dieses Tal „Das Tal der schlauen Rotte, das Schlaurottal".

Die erste urkundliche Erwähnung des Dorfes erfolgte im Jahre 1285 zu einem Zeitpunkt, da die Besiedelung teilweise abgeschlossen war. Das Verzeichnis der Lausitzer Ortschroniken sagt folgendes aus über die hier entstandene Siedlung:
Der Ort liegt an einem Bachgrund der von der Landeskrone herabkommt.

Slu - das heißt Graben oder Wasserlauf.
Die Schreibweise des Ortsnamens hat sich immer wieder verändert.

1285 schrieb man „villa Slurath justa Landescrone"
1342 Petrus Slurot
1406 Schluwert
1455 Slawroth
1517 Slawrot
1559 Schlauert
1606 Schlauroth.

Die nahe Raubritterburg auf der Landeskrone machte die Gegend unsicher, sie wurde 1355 durch die Görlitzer Bürgerschaft zerstört. Zwar konnten die Bauern aufatmen, daß sie nun von dieser Last befreit waren, aber dafür kamen immer größere Lasten durch Abgaben an das Rittergut hinzu.

Leider hinterließen die Chronisten der damaligen Zeit nur sehr dürftige Nachrichten vom Leben der Bauern und Häusler. Die Aufzeichnungen der „Taten" der Feudalherren der Schule und Kirche erschien ihnen wichtiger. Das zeigt uns die Gemeinde- und Schulchronik von Schlauroth.
Zentraler Punkt der Gemeinde Schlauroth war seither das Rittergut

bzw. Dominium. Dieses war seit1643 im Besitz der Familie von Uslar, von der es 1871 von Hermann Engelbrecht erworben wurde, der es 1884 an Friedrich Thiemann verkaufte. Ab 1891 befand es sich wieder im Besitze der Barone von Uslar und wurde 1908 von einem Paul Mende völlig verschuldet der Raiffeisen-Genossenschaft überlassen, die im Herrenhaus eine umfassende Rekonstruktion veranlaßte. Danach erwarb es ein Helmuth Müller der 1945 als Großgrundbesitzer enteignet wurde. Es wurde an 12 Neubauern aufgesiedelt.
Das Herrenhaus ist 1796 abgebrannt und im Jahre 1800 wieder aufgebaut worden.
Es steht nicht unter Denkmalschutz, obwohl besonders die Holzkonstruktionen - im Jugendstil errichtet - teilweise gut erhalten sind. Besondere Aufmerksamkeit erregt immer wieder die Treppenhausgestaltung, wo eine massive eichene Treppe freitragend eingebaut wurde.

Durch die Familie von Uslar, die mit dem Oberst von Uslar verschwägert war, der in den Diensten Simon Bolivars als dessen militärischer Vertrauter an den Befreiungskriegen in Südamerika teilnahm, wurde der Park des Herrenhauses mit seltenen Gehölzen aus dem Ausland bepflanzt, von denen heute noch ein Teil, so eine Paltane mit ungefähr einem Alter von 125 Jahren, steht.
Die Nebengebäude des Gutshofes mußten in den Jahren 1948 und 1965 wegen Baufälligkeit abgerissen werden.

Im ehemaligen Schloß ist noch heute das Gemeindeamt untergebracht. Im Hofbereich hat die PGH Brücken- und Straßenbau Kunnerwitz ihren Betriebssitz errichtet.

Im Jahre 1770 wurde die Schule gebaut. Sie bestand aus Lehm und einem Strohdach, auch die Scheune und die Holzremise(Holzschuppen). Die entstandenen Kosten für den Bau wurden von der Gemeinde und dem Dominium getragen.
Zur Erhaltung der Schulstelle wurde dem Lehrer außer dem von jedem Kind zu zahlenden wöchentlichen Schulgeld, der sogenannte niedere Fiebigacker in der Größe von 4 Morgen, nebst der an dessen nordöstlichem Ende anstoßenden Wiese von 1 Morgen, überwiesen.

Die Zahl der schulpflichtigen Kinder waren anfänglich 30. Sie besuchten nur in den Wintermonaten die Schule. In den Sommermonaten wurden sie in der Landwirtschaft eingesetzt. So waren die Lehrer wie meist allerwärts gezwungen, neben der Schulhalterei durch Nebenbeschäftigungen ihren Unterhalt zu erwerben, als Gerichtsschreiber, Gemeindeschreiber und in kirchlichen Nebenämtern.

Im Jahre 1823 wurde mit den Gemeinden Holtendorf, Rauschwalde, Klein Biesnitz in Schlauroth ein Schulverband gegründet. Die Zahl der Kinder stieg dadurch auf 89. Es wurde zweischichtig Unterricht gegeben.
Das jetzige Schulgebäude wurde 1857/1858 in östlicher Richtung neu gebaut, weil das alte baufällig wurde und der neuen Schulordnung entsprach.
Am 28.4.1857 wurde in der Versammlung im Schulhaus Schlauroth der Beschluß gefaßt zum Bau des neuen Schulhauses.
Teilnehmer waren:
1._Schulpatron Rittergutsbesitzer Uslar auf Schlauroth
2._Rittergutsbesitzer Lehmann auf Klein-Biesnitz
3._Richter Seidel aus Schlauroth
4._Richter Brückner aus Rauschwalde
5._Richter Reutsch aus Klein Biesnitz
6._Schulvorsteher Rubel aus Schlauroth
7._Schulvorsteher Schubert aus Rauschwalde.

Die Schulkinderzahl steigerte sich bis 1890 auf 173, so daß die Kinder wie eingepfercht sitzen mußten. Jedes Kind hatte nur 33 cm Banklänge zur Verfügung.
Diesem Übelstand wurde abgeholfen, als sich Rauschwalde und Ober-Girbigsdorf zur Gründung eines eigenen Schulverbandes entschlossen und vereinigt haben.
    Schlauroth zählte 47 Schulkinderzahl
    Rauschwalde_"___98____"
    Ober-Girbigsdorf"28____"

Die Schulkinder von Klein-Biesnitz besuchten die Schule in Kunnerwitz.

Die Gründung der freiwilligen Feuerwehr in unserer Gemeinde läßt sich nicht genau bestimmen. Die vorliegenden Dokumente beweisen, daß das Gerätehaus der Ffw in den Jahren 1871/72 errichtet wurde und von 1904 bis zum 14.5.1907 die Aufgaben des Brandschutzes in einem „Spritzenverband Schlauroth-Biesnitz" wahrgenommen wurde. Aus den Jahren 1907 und 1908 liegen schriftliche Protokolle über Versicherungsfragen der Löschmannschaft, die Wahl des Spritzmeisters und bauliche Instandsetzungen am Gerätehaus vor.

Zur geschichtlichen Bedeutung gehört auch am 1.September 1847 die Inbetriebnahme der Sächsisch-Schlesischen Eisenbahn und der im Jahre 1905 eingeweihte Haltepunkt.

1865 wurde die preußische Staatsbahnstrecke Görlitz-Lauban dem Verkehr übergeben. Diese Strecke wurde 1867 über Hirschfeld nach Waldenburg fortgeführt, wodurch im Anschluß an die Breslau-Freiburger Eisenbahn
Im gleichen Jahr wurde eine unmittelbare Verbindung der Stadt Görlitz mit Berlin geschaffen durch Fertigstellung der Reststrecke Cottbus - Görlitz. Neun Jahre später wurde eine Bahn nach Süden über Nikrisch (Hagenwerder) bis Zittau und 1877 bis Seidenberg zum Anschluß an das böhmische Eisenbahnnetz verlängert.
Hiermit war im wesentlichen das heut bestehende staatliche Eisenbahnnetz vollendet.

Allmählich eingeengt zwischen städtische und industrielle Bebauung, mußte Anfang des neuen Jahrhunderts zu einer grundlegenden Veränderung der Bahnanlagen geschritten werden. Es war nicht mehr möglich, den zur Neubildung und Auflösung nötigen Rangierverkehr im Bahnhof Görlitz durchzuführen. Es mußte ein neuzeitlicher großer und erweiterungsfähiger Rangierbahnhof außerhalb der Weichbildgrenze der Stadt errichtet werden. So entstand bis zum Jahre 1909 der heutige Rangierbahnhof Schlauroth mit zwei Ablaufbergen, einem Güterboden und einem Ladegleis mit Laderampe. Dadurch hatte er auch eine große Bedeutung für die Landwirtschaft und für die Ansiedelung von Betrieben. Vor allem eine große überörtliche Bedeutung für Ostsachsen.

Durch den Bau der Eisenbahnstrecken und Anlagen entstanden in Görlitz-Rauschwalde und Schlauroth Dienstwohnungen und Sozialgebäude für Eisenbahner. Dadurch entwickelte sich unser Ortvon einem Bauerndorf zu einem Eisenbahner- und Industriearbeiterdorf.

Einen Meilenstein setzte auch in unserem Dorf der Einzug der Elektrizität 1909. Das elektrische Licht löste die finstere Petroleumlampe ab.

Durch den ersten Weltkrieg und die nachfolgende Inflation gerieten manche Bewohner in wirtschaftliche und soziale Not.

Das politisch-kulturelle Leben entwickelte sich bei den Dorfbewohnern während der Weimarer Republik sehr differenziert und zersplittert durch die vielen Parteien und Vereine.
Es entstand die_Deutschnationale Partei
 __die_ Sozialdemokratische Partei
 __der_Landarbeiterverband
 __der_ Eisenbahnerverein
 __der_ Beamtenbund
 __der_Militärverein.

Seit 1930 wurde die NSDAP immer stärker als aggresivste und reaktionärste politische Partei, begünstigt durch die Wirtschaftskrise mit ihren verheerenden Folgen. Unter der Parole der Schaffung eines eigenen "deutschen Sozialismus".

Das Dominium wurde in unserem Ort wieder der bestimmende Punkt unter der Leitung des Besitzers Helmut Müller. Die Nazigrößen gingen hier ein und aus. Die Einwohner nannten das Herrenhaus das braune Haus.
So wie die Arbeiter wurden auch die Bauern zwangsorganisiert. Sie mußten in den Reichsnährstand eintreten. Das „Erbhofgesetz" begünstigte die Groß- und Mittelbauern und sicherte dem Faschismus eine Massenbasis auf dem Lande.
Mit der Verbreitung des Rundfunks Anfang der dreißiger Jahre war wieder etwas neues im Dorf eingezogen. Die Familien die noch kein Radio besaßen kauften sich einen „Volksempfänger" für nur 62,-

Mark. Die faschistische Propaganda verfehlte dabei ihre Wirkung nicht.

Als am 1.September 1939 der Krieg mit Polen ausbrach, erinnerten sich viele Einwohner, wie recht die KPD mit ihrer Warnung hatte "Hitler bedeutet Krieg". Die Rationierung von Lebensmitteln und anderen Waren sowie die Einführung von Sondergesetzen schockierte alle. Immer stärker erfaßte die Menschen Furcht, Leid, Entsetzen und Verzweiflung.
In der Industrie und der Landwirtschaft wurden durch das Fehlen von Arbeitskräften Kriegsgefangene und ausländische Zwangsarbeiter eingesetzt. Als es dann mit den anfänglichen „Blitzsiegen" der faschistischen Wehrmacht vorbei war und der Rückzug begann, erkannten immer mehr Menschen die unrechtmäßige Expansionspolitik der Faschisten. Ende Januar 1945 überschritt die Rote Armee die Grenzen des sogenannten Großdeutschen Reiches. Bald erreichen die ersten Flüchtlinge auch unseren Ort.
Anfang Februar erreichte auch Schlauroth der Räumungsbefehl, bis auf die Männer des Volkssturms. Der Ort wurde zur Verteidigung durch Panzersperren verriegelt. Die Eisenbahner mußten nach ihrer Arbeitszeit den Volkssturm unterstützen und übernahmen die Überwachung der Eisenbahnbrücken. Härteste Strafen erwarteten jeden, der sich den Befehlen widersetzte.
Die verbrecherische Politik des deutschen Faschismus richtete sich nicht nur gegen alle Andersdenkenden, sondern auch gegen die Völker Europas. Diese menschenverachtende Gewaltpolitik spürten Millionen des Kontinents. Bei seinem gesetzmäßigen Untergang war von den Faschisten eingeplant, das deutsche Volk mit in den Abgrund zu reißen.
Wenn auch unser Dorf von direkten Kriegseinwirkungen bis 1945 verschont blieb, so rissen sie jedoch in viele Familien tiefe Lücken. Viele Männer mußten für den wahnsinnigen Krieg ihr Leben hingeben, andere kamen als Verwundete oder Kranke nach langer Kriegsgefangenschaft nach Hause.
Neben der Hungersnot drohte eine weitere Gefahr, der Ausbruch von Seuchen. Viele Flüchtlinge und Bürger waren an Typhus oder Fleckfieber erkrankt. Die Todeskurve stieg in den Sommermonaten 1945 rapide an.

Allmählich kehrten die geflohenen Einwohner zurück. Mit ihnen Flüchtlinge aus den Gebieten östlich der Oder und Neiße, die als Ergebnis des faschistischen Krieges und der Beschlüsse der Siegermächte erfahren mußten, daß ihnen die Rückkehr in ihre Heimatgebiete nicht gestattet wird und sie sich in den Gebieten westlich der Oder und Neiße eine neue Heimat suchen müssen.

Der Aufbau einer antifaschistisch-demokratischen Ordnung an der Seite der sowjetischen Genossen bot dem Volk eine historische Chance. Es war ein katastrophales Ergebnis, was die zwölf jahre faschistische Herrschaft hinterließ. Der Sieg, den sich das revolutionäre Proletariat endlich erkämpft hatte, mußte mit großen Opfern bezahlt werden.
Am 11. Juni 1945 wurde das deutsche Volk von der Kommunistischen Partei Deutschlands aufgerufen, den Faschismus mit seinen Wurzeln zu beseitigen und sich mit eigener Kraft den Weg in ein friedliches Deutschland zu ebnen.

Die Gemeinde Schlauroth grenzt mit Fluren und Wohngebäuden im Osten unmittelbar an den Stadtteil Rauschwalde, im Süden an den Stadtteil Biesnitz, die Christian-Heuck-Straße Landeskronsiedlung und den Ringweg um die Landeskrone.
Im Westen an die Gemarkungen der Gemeinde Pfaffendorf sowie im Norden an Wohnbereiche des Ortsteiles Holtendorf der Gemeinde Markersdorf und an Fluren der Gemeinde Girbigsdorf.

Die Gesamtfläche der Gemeinde Schlauroth beträgt 3,85 km², davon landwirtschaftlich nutzbare Fläch ca.315 ha, die fast durchweg von der LPG (P) Schöpstal bewirtschaftet werden.

Im Ort bestehen zwei Sparten des VKSK, die Sparte „Solidarität" mit 218 Mitgliedern und die Sparte „Am Schulberg" mit 34 Mitgliedern.

Schlauroth ist eine ausgesprochene Arbeiterwohnsitzgmeinde mit einem hohen Anteil von Eisenbahnern, der sich aus dem Bahnhof Schlauroth ergibt, der als Rangierbahnhof eine große überörtliche Bedeutung für den Bahnhof Görlitz und ganz Ostsachsen hat.

Die Landwirtschaft ist nur mit 18% an den Gesamtbeschäftigten der Gemeinde Schlauroth beteiligt.

Außer der Deutschen Reichsbahn und dem Wissenschaftlich-Technischem Zentrum sind im Ort
- der VEB Geflügelwirtschaft Dresden, BT Schlachtung
- der VEB Getreidewirtschaft Dresden
- der VEB WAB Görlitz mit der Kläranlage Görlitz-West
- derVEB Minol, Kleintanklager
- der VEB Stadtreinigung Görlitz mit einer Lagerkapazität _und
- der VEB Hydraulik und Anhänger im Kombinat Kfz-Instandsetzung

ansässig.

Weiterhin haben ihren Sitz in der Gemeinde
- die PGH Brückenbau Kunnerwitz
- die LPG "Morgenrot" Pfaffendorf mit drei Milchvieh- _ställen, einem Jungrinderstall, einem Kälbertstall und _drei Junghennenaufzuchthallen,

- die privaten Betriebe Oskar Rieger, Watteerzeugung _und die
- KFZ-Reparaturwerkstatt für Multicare Wolfgang Mischke.

Die Gemeinde Schlauroth ist eng verbunden mit der Stadt Görlitz und der Gemeinde Pfaffendorf, was sich besonders durch die Bildungseinrichtungen ergibt, die unsere Kinder besuchen. Das ist die Kinderkrippe und der Kindergarten in Pfaffendorf und die 1. Oberschule in Görlitz-Biesnitz, die als Schulkombinat auch für die Schulkinder aus den Geminden Pfaffendorf und Kunnerwitz fungiert.

In der Gemeinde Schlauroth befinden soich
    90 Wohngebäude insgesamt,
davon sind
    73 Einfamilienhäuser
und 17 Mehrfamilienhäuser.

In diesen 90 Wohngebäuden sind gegenwärtig
    140 Wohnungseinheiten

untergebracht.
114 WE sind an das zentrale Trinkwassernetz der Stadt Görlitz angeschlossen, desweiteren alle Betriebe und Betriebsteile im Ort. 20 WE besitzen eine Hauswasserversorgung aus eigenem trinkwasserbrunnen.

Die Gemeinde Schlauroth hatte
- Mitte des 19. Jahrhunderts ca. 100 Einwohner
- um 1900 ca. 120 Einwohner.

Bis 1905 wurden 15 Eisenbahner mit ihren Familien angesiedelt, deshalb hatte Schlauroth
- 1907 188 Einwohner.

Von1928-36 wurde an der Görlitzer straße (F6) Görlitz-West gebaut, die Einwohnerzahl stieg
- 1936 auf 245 Einwohner
- 1944 _315____ "

Im Herbst 1945 waren 901 Einwohner in Schlauroth untergebracht. In allen Scheunen und Bergeräumen sowie in der alten Mühle und dem ehemaligen Grassegut waren Behelfswohnungen eingerichtet.

1956 zählte Schlauroth 441 Einwohner
1964   ____412___ "
1971   ____368___ "
1981   ____364___ "
1985   ____377___ "

Die erste LPG war die LPG Typ III „An der Landeskrone", die im Jahre 1959 gegründet wurde. Ihr gehörten der Großbauernbetrieb Rubel, Marianne und der Kleinbetrieb Bergs, Gustav an. Erster Vorsitzenderf war der Koll. Günter Flecks. Die LPG „An der Landeskrone" wurde mit 7 Mitgliedern gegründet.

Im Früjahr 1960 wurde auch unsere Gemeinde vollgenossenschaftlich. Es wurde eine LPG vom Typ I mit dem Namen „Einheit" gegründet, der 14 landwirtschaftliche Betriebe beitraten. Erster Vorsitzender dieser LPG war Robert Staude.
Die restlichen 2 Betriebe traten der LPG Typ III bei und Vorsitz

dieser LPG wurde 1962 von Richard Proske übernommen.

1965 erfolgte die Vereinigung der beiden LPG´en mit der LPG „Morgenrot" in Pfaffendorf unter dem Vorsitzenden Alfred Kretschmer.

Dieser Zusammenschluß war einer der wesentlichsten Gründe, weshalb die Zusammenlegung der Gemeinden Pfaffendorf und Schlauroth im Jahre1972(1.1.72) beschlossen und vollzogen wurde. Es wurde die Gemeinde Pfaffendorf-Schlauroth gebildet. Jedoch die räumliche Entfernung und die unterschiedliche soziale Struktur der beiden Gemeinden ließ im Verlaufe von 12 Jahren die Überzeugung reifen, daß der Zusammenschluß der Gemeinden eine günstige Entwicklung der beiden Orte behinderte und deshalb wurde mit der Wahl der örtlichen Volksvertretung im Jahre1984 die Trennung beschlossen, sodaß seit dem 1.5.84 wieder beide Orte selbstständige Gemeinden mit eigenen Volksvertretungen sind.

Nach 1945 wurde der Maurerpolier Wilhelm Hartmann als Bürgermeister eingesetzt, der auch die erste Volksvertretung nach der Gründung der DDR am 7.10.1949 leitete. In den Folgejahren amtierten als Bürgermeister Frau Magda Leuband und Herr Kurt Janda. Am 1.12.1955 übernahm dieses Amt Herr Norbert Großmann, der bis zum 1.3.1986 Bürgermeister der Gemeinde und zwischenzeitlich auch der Gemeinde Pfaffendorf-Schlauroth war. Seit dem 1.3.1986 ist Frau Andrea Müller mit dieser Funktion betraut. Der Volksvertretung gehörten seit 1954 jeweils 15-18 Abgeordnete an.

Die Gemeinde Schlauroth ist Mitgliedsgemeinde des Gemeindeverbandes "Schöpstal" im Landkris Görlitz, dieser wurde am 1. Juli 1973 gebildet mit insgesamt 7447 Einwohnern.

Das Gebiet des Gemeindeverbandes Schöpstal umfaßt die Gemeinden
- -Ebersbach
- -Girbigsdorf
- -Jauernick-Buschbach
- -Kunnerwitz
- -Kunnersdorf
- -Königshain

- Markersdorf mit OT Holtendorf
- Pfaffendorf
- Schlauroth
- Arnsdorf-Hilbersdorf seit 1988.

Das Produktionsprofil dieses Territoriums wird von der ständig fortschreitenden kooperativen Entwicklung der sechs LPG´en und dem Volksgut bestimmt, die auf dem Gebiet der Pflanzenproduktion mit 1500 Genossenschaftsbauern und Landarbeitern eine landschaftliche Nutzfläche von insgesamt 7821 ha bewirtschaften.

Die Leitung des Rates im Gemeindeverband war vom 1. Juli 1973 bis 1984 der Bürgermeister von Schlauroth, Norbert Großmann. Von 1984 bis 1986 der Bürgermeister von Ebersbach Maxe Petrick, ab 1986 der Bürgermeister von Girbigsdorf Günter Wehner.

S_c_h_l_u_ß_b_l_a_t_t - 700 Jahre im Überblick

1285 erste Erwähnung von „villa Slurath justa Landeskrone" (Schlauroth)
1643 erste Erwähnung des Rittergutes
1770 wurde die erste Schule gebaut
1796 brannte das Herrnhaus vom Rittergut ab
1800 wurde das Herrenhaus wieder aufgebaut
1823 Gründung eines Schulverbandes in Schlauroth mit Holtendorf, Rauschwalde und Klein-Biesnitz
1847 Inbetriebnahme der Sächsisch-Schlesischen Eisenbahn
1858 Neubau der Schule
1871 Bau des Gerätehauses für die Ffw
1904 Gründung des Spritzenverbandes Schlauroth-Klein-Biesnitz
1905 Inbetriebnahme des Haltepunktes Schlauroth

1909 erhält das gesamte Dorf elektrisches Licht
      Inbetriebnahme des Verschiebebahnhofs Schlauroth
1945 Enteignung des Großgrundbesitzers Helmut Müller
1959 Gründung der ersten LPG Typ III „An der Landeskrone"
1960 unsere Gemeinde ist vollgenossenschaftlich Typ I mit dem Namen „Einheit"
1965 Vereinigung der LPG´en Schlauroth mit der LPG „Morgenrot" in Pfaffendorf
1969 Ausbau des Haltepunktes in Schlauroth zur Lebensmittel-Verkaufsstelle
1969 wurde die Schule geschlossen, die 1.Oberschule in Biesnitz übernimmt die Schulkinder als Schulkombinat von Schlauroth, Pfaffendorf und Kunnerwitz
1972 Zusammenlegung der Gemeinden Pfaffendorf u. Schlauroth
1973 Gründung des Gemeindeverbandes „Schöpstal"
1980 die Gaststätte „Zur Eisenbahn" wird nach einer Bauzeit von vier Jahren wieder eröffnet
1985 wurden 114 WE an das zentrale Trinkwassernetz der Stadt Görlitz angeschlossen.

Quellen- und Literaturverzeichnis

1. Das Verzeichnis der Lausitzer Ortschroniken.
2. Schul- und Gemeindechronik von Schlauroth.
3. Zeitungsartikel der Pressestelle der Reichsbahndirektion Breslau, Jubiläumsausgabe (50 Jahre Eisenbahn).
4. 700 Jahre Girbisgdorf „Ein Streifzug durch die Geschichte des Dorfes".
5. Ortsgestaltungskonzeption der Gemeinde Schlauroth.
6. Hinweise von Bürgern aus Schlauroth.
7. Statut des Gemeindeverbandes „Schöpstal".

Ausgearbeitet im März 1988 von Kurt Rose.

Anmerkung des Herausgebers:
Der Ursprung des Namens „Schlauroth" von den Römern der Antike abzuleiten, mag stimmen oder auch einer Legende entsprechen. Wahr ist jedoch, daß bis zum heutigen Tag die Eisernen Ringe im Gemäuer

der Schmiede auf dem Gelände des Schlesischen Kaiserlichen PostGebäudes vorhanden sind, die im Mittelalter den Raubrittern oder sonstiger RäuberBande zum Anbinden ihrer Pferde gedient haben sollen. Die Schmiede ist bis heute gut erhalten, sie beherbergt ein Gewölbe, an dessen Wänden sich die Eisernen Ringe befinden. Bekannt ist in Görlitz, daß im Mittelalter nahe der Landeskrone Raubritter mit der in der RömerLegende beschriebenen List, die Pferde verkehrt zu beschlagen, ihre Spuren verwischt und Verfolger stets in die Irre geführt haben. Joachim Ziegler 9.Dezember 2013